Blossac

Roméo et Juliette

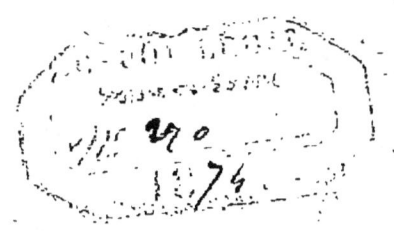

ROMÉO ET JULIETTE

ou

LES AMANTS MALHEUREUX

D. THIÉRY ET Cⁱᵉ. — IMPRIMERIE DE LAGNY.

ROMÉO & JULIETTE

OU LES

AMANTS MALHEUREUX

PAR

Madame Clémence BLOSSAC

PARIS

BERNARDIN-BÉCHET, LIBRAIRE-ÉDITEUR

31, QUAI DES GRANDS-AUGUSTINS, 31

ROMÉO ET JULIETTE

ou

LES AMANTS MALHEUREUX

***

I

Les familles ennemies. — Roméo et Juliette.

L'histoire dramatique et touchante dont nous allons faire le récit date des commencements du quatorzième siècle. A cette époque, les discussions politiques déchiraient l'Italie et la discorde régnait en souveraine au sein des villes : de là des rixes sans nombre entre citoyens, rixes dans lesquelles le poignard et l'épée jouaient le plus grand rôle ; le sang versé engendrait la haine et la haine appelait la vengeance.

De toutes les cités italiennes, Vérone fut celle qui se signala le plus par son acharnement ; dans cette ville, habitaient deux familles rivales : la famille de Montaigu et la famille de Capulet qui s'étaient voué l'une à l'autre une haine éternelle. Comme chacune d'elles comptait un certain nombre de partisans, la ville était partagée en deux camps, et, pour un mot, pour un geste, sans prétexte plausible, les Montaigus et les Capulets, comme on les appelait du nom de leurs chefs de parti, mettaient l'épée au vent et ensanglantaient la rue, malgré les mesures sévères prises par le prince de Vérone.

Montaigu et Capulet étaient deux vieux nobles; arrogants et fiers, l'influence du prince n'avait pu les amener à se réconcilier, leur haine d'ailleurs n'était pas née de la veille, elle était héréditaire dans leur famille.

Montaigu avait un fils unique, Roméo ; c'était le plus beau cavalier de Vérone : à sa noble prestance, à son extérieur distingué, il joignait un caractère généreux et chevaleresque; brave jusqu'à la témérité, maniant l'épée avec grâce, il inspirait autant de respect à ses ennemis que d'admiration aux nobles dames de Vérone. Sa jeunesse jusqu'alors s'était passée comme celle de tous les seigneurs de son époque, dans la carrière des armes, et dans les plaisirs faciles ; aimant les femmes mais n'accordant sa préférence qu'aux plus belles, frivole et inconstant, son cœur avait échappé aux angoisses d'une passion sérieuse, lorsque, le hasard aidant, il rencontra sur son chemin la belle Juliette.

C'était la fille de Capulet, l'ennemi de sa famille. Juliette était d'une beauté remarquable : une chevelure abondante et noire comme l'ébène encadrait son frais visage animé par les plus beaux yeux qu'on puisse rêver. Svelte, gracieuse, la taille élancée, Juliette dont l'extérieur exhalait comme un parfum de chaste volupté, était bien faite pour séduire un cavalier tel que Roméo.

Aussi lorsque, sortant de l'église un dimanche, il se trouva près d'elle et que ses yeux rencontrèrent ses yeux, un sentiment qui lui était jusqu'alors inconnu envahit son âme ; au frisson qui parcourut tout son être, aux battements de son cœur qui, à la vue de Juliette, devinrent plus énergiques et plus précipités, Roméo reconnut qu'il aimait, et que le sentiment qui s'était emparé de lui était tout différent des sensations qu'il avait éprouvées auprès des autres femmes. A partir de ce moment, le caractère de Roméo changea à tel point que ses amis et ses compagnons de plaisir ne le reconnaissaient plus : ce n'était plus le brillant cavalier d'autrefois, toujours le rire aux lèvres et la coupe à la main et se livrant avec ardeur aux plaisirs ; depuis qu'il avait rencontré Juliette, Roméo fuyait ses amis, et, à ceux qui l'engageaient à s'amuser avec eux, il répondait par un refus ; sombre, préoccupé, il recherchait la solitude, et sa gaîté d'autrefois avait fait place à une douce mélancolie.

— Roméo, lui dit un jour Mercutio, son cousin et ami, Roméo, tu es amoureux !

Le jeune homme rougit et ne répondit pas.

Cependant, la passion de Roméo pour Juliette allait sans cesse croissant, et il conçut bientôt l'idée d'en faire sa femme ; mais, quand il apprit que celle qu'il aimait était la fille de Capulet, un violent désespoir s'empara de lui ; la haine des familles avait creusé entre les deux jeunes gens un fossé infranchissable :

— Pourquoi, pensait-il, mon amou est il né au sein de la haine ?

II

Une rixe dans les rues de Vérone. — Roméo au bal
chez Capulet. — Juliette épouse Roméo.

Quinze jours à peine s'étaient écoulés depuis
que Roméo avait rencontré Juliette et en était
devenu amoureux, lorsqu'une de ces rixes, si fré-
quentes à Vérone, vint rappeler aux habitants
que la haine ne s'endort pas aisément. Samson
et Grégorio, tous les deux au service de Capulet,
avaient provoqué Abraham et Balthazar, les do-
mestiques de Montaigu, et il en était résulté, entre
les partisans des deux ennemis, une lutte en pleine
rue, lutte à laquelle Capulet et Montaigu eux-
mêmes allaient prendre part sans l'intervention
du prince de Vérone qui accourut et se jeta au
milieu des combattants :

— Serez-vous donc toujours les ennemis de la
paix ? leur dit-il, ne cesserez-vous pas bientôt,
sujets rebelles, de verser le sang de vos conci-
toyens ? Jetez vos armes à terre et écoutez-moi,
vous, Capulet, et vous, Montaigu : voilà la troi-
sième fois que vous troublez le repos de la ville,
à la quatrième fois, vous serez punis de mort ; et
maintenant, suivez-moi, Capulet ; quant à vous,
seigneur Montaigu, vous comparaîtrez ce soir
devant ma cour de justice, et là vous connaî-

trez mes intentions au sujet de la rixe qui vient d'avoir lieu. Que tout le monde se disperse !

Comme tous les témoins de cette affaire se retiraient chacun de leur côté, la mère de Roméo rencontra Benvolio, un de ses parents : en quelques mots il la mit au courant des faits qui venaient d'avoir lieu et elle apprit ainsi que son fils ne s'était pas trouvé dans cette émeute.

— Mais où est-il ? demanda-t-elle à Benvolio ; l'avez-vous vu aujourd'hui ?

— Je me suis levé ce matin une heure avant le jour, répondit Benvolio, et suis allé me promener dans le petit bois de sycomores qui touche aux remparts de la ville ; là, j'ai rencontré Roméo votre fils, et j'ai marché à sa rencontre ; quand il m'a aperçu, il s'est enfoncé plus avant dans le bois, comme pour m'éviter. Voyant cela et sachant qu'un homme qui cherche la solitude est amoureux, j'ai cessé de le suivre pour lui être agréable.

Sur ces entrefaites, le père de Roméo arriva et entendit le récit de Benvolio ; il n'en fut pas surpris, il avait déjà constaté par lui-même que son fils se promenait jusqu'au jour et qu'alors, rentrant dans sa chambre, il s'y enfermait dans une obscurité complète. Le vieillard ne dissimula pas la crainte qu'il éprouvait que cette disposition d'esprit n'amenât un malheur si on n'y portait remède.

— Connaissez-vous la cause de sa mélancolie ? dit Benvolio à son oncle ; l'avez-vous interrogé ?

— Je l'ai interrogé moi-même, répondit Montaigu, je l'ai fait interroger par mes amis, mais impossible de rien obtenir de lui. Si nous pouvions savoir la cause de sa mélancolie, nous porterions remède au mal aussitôt qu'il nous serait connu.

Le vieillard avait à peine achevé de parler que Roméo passait à quelque distance de lui, Benvolio l'aperçut, il engagea Montaigu à s'éloigner avec sa femme et leur promit de faire tous ses efforts pour connaître le secret de Roméo. Les vieillards rentrèrent dans leur palais, pendant que Benvolio, marchant rapidement, se dirigeait du côté de son cousin qu'il rejoignit auprès des remparts de la ville, au moment où il allait de nouveau s'enfoncer dans un bois touffu.

— Bonjour, cher cousin, dit-il à Roméo en l'abordant.

— Déjà levé, Benvolio ! répondit l'amoureux, par quel hasard ?

— Mais il est plus de neuf heures, repartit Benvolio.

— Ah ! reprit Roméo, je suis bien malheureux, et les heures de tristesse me paraissent bien longues.

— Quelle est la cause de ta tristesse ? [Es-tu donc amoureux, Roméo ?

— Oui, avoua le jeune homme ; oui, j'aime et d'un amour sans espoir. Benvolio, j'ai entendu le bruit de la lutte tout à l'heure. Ah ! lutter contre la haine n'est rien, mais lutter contre l'amour !... L'amour que j'éprouve, vois-tu, est une passion vaine et sérieuse à la fois, la tendresse s'y confond avec la haine, elle me brise l'âme en même temps qu'elle me soulage le cœur. Cher Benvolio, toi qui ne me comprends pas, tu dois joliment te moquer de moi ; mais non, je sais que tu es trop bon pour cela et que tu t'intéresses à moi. Oh ! amour ! poison du cœur ! tiens, Benvolio, adieu !

Et Roméo allait s'éloigner, mais cela ne faisait pas l'affaire de son cousin qui tenait à connaître son secret en entier.

— Dis-moi donc, demanda-t-il, quelle est celle que tu aimes ?

— C'est un ange sous les traits d'une femme ! répondit Roméo ; mais elle est insensible à l'amour, ses yeux évitent de rencontrer les miens et je la crois impossible à séduire. Et si tu savais ! qu'elle est belle ! Oh ! Benvolio, quand elle mourra, la beauté quittera la terre avec elle !

Mais Benvolio connaissait le cœur des femmes ; il n'en était pas, suivant lui, de rebelles à l'amour : aussi eut-il soin de prodiguer ses conseils à son cousin pour tâcher de lui faire partager ses idées.

— Ecoute-moi, lui dit-il, oublie-la.

— Comment l'oublier ? répondit Roméo.

— En pensant à d'autres femmes.

— La plus belle de toutes ne servirait qu'à me rappeler celle dont la beauté est au-dessus de tout. Ah ! Benvolio, tu ne réussiras pas à me la faire oublier.

— J'y réussirai si tu veux m'écouter : sois bien persuadé, Roméo, qu'un amour nouveau chasse jusqu'au souvenir de l'ancien, de même qu'une peine en efface une autre ; ouvre ton cœur à une nouvelle passion, et celle qui te fait souffrir se dissipera. Tiens ! viens avec nous ce soir, il y a une fête brillante.

— Où donc ? interrogea Roméo qui eut comme un secret pressentiment.

— Chez Capulet, c'est la fête solennelle de sa famille, les plus jolies femmes de Vérone s'y donneront rendez-vous. Tu y rencontreras Rosaline que tu as tant aimée autrefois ; tu l'as bien oubliée, celle-là du moins. Allons, tu viendras avec moi, n'est-ce pas? Tu verras toutes ces femmes luttant de grâces et de beauté, tu les compareras avec ta belle, et tu reconnaîtras bientôt qu'elle est auprès d'elles ce qu'est la violette auprès de la rose!

— Oh! jamais je n'aurai une telle illusion; une femme plus belle qu'elle! mais sache donc que le soleil n'a jamais vu son égale depuis qu'il éclaire le monde! Et d'ailleurs, tu le sais, Benvolio, je ne puis aller à la fête de Capulet, cet ennemi de ma famille!

— Tu viendras, te dis-je : à la faveur d'un déguisement, nous passerons inaperçus, et d'ailleurs, ne serons-nous pas là pour nous défendre?

— Eh bien, oui! repartit Roméo, je te suivrai à cette fête, non pas pour y regarder toutes les femmes, comme tu pourrais le supposer, mais pour y jouir de la présence de celle qui m'est chère.

Quelques instants après, Roméo et son cousin avaient rejoint un de leurs amis communs, Mercutio, chez lequel ils se préparèrent pour le bal. Roméo restait plongé dans la tristesse, tandis que ses amis s'efforçaient de l'égayer en le plaisantant agréablement.

— Il faudra bien que tu danses comme tout le monde, lui disait Mercutio.

— Cela est bon pour vous qui avez le cœur libre et le pied léger, mais la tristesse me cloue au sol.

— Que ne prends-tu les ailes de l'amour? répliqua Mercutio.

— Je suis trop blessé pour pouvoir m'en servir. Tenez, mes amis, je ne suis pas disposé à aller à ce bal.

— Et pourquoi, s'il te plaît?

— J'ai fait cette nuit un songe qui ne me présageait rien de bon.

— Ah! ah! dit Mercutio en riant, la fée des songes t'a visité cette nuit; cette bonne fée, quand elle galope sur le front des amants les fait rêver d'amour. Monte-t-elle sur le nez d'un avoué, aussitôt il flaire un procès. Elle se promène sur les lèvres des belles et elles rêvent de baisers. C'est cette même fée qui visite les jeunes filles dans leur couche virginale et qui, pendant qu'elles s'abandonnent au sommeil, leur inspire les songes les plus tendres; c'est elle aussi qui.....

Roméo l'interrompit :

— Allons, Mercutio, lui dit-il, trêve à tes plaisanteries!

Cependant, Benvolio et Mercutio étaient prêts, seul Roméo hésitait encore à se rendre au bal de Capulet.

— Hâtons-nous! lui dit Benvolio; Roméo, tu n'es pas prêt encore et nous arriverons trop tard.

— Je crains bien plutôt que nous n'arrivions trop tôt, repartit Roméo; je ne sais quel sinistre pressentiment m'agite; quelque chose me dit que cette fête de nuit sera le signal d'une série d'événements fâcheux qui se termineront par ma mort. Qu'importe, après tout? Allons, mes amis, en route, conduisez-moi à ce bal.

Et tout en parlant, il s'était préparé : un masque couvrait son visage et il avait endossé un costume de pèlerin. Les jeunes gens sortirent alors, ils rencontrèrent bientôt, chemin faisant, plusieurs de leurs amis qui se rendaient au bal et qui se joignirent à eux, puis ils entrèrent dans le palais de Capulet. Une grande salle splendidement illuminée était préparée pour la fête; à chaque extrémité, un orchestre, composé des meilleurs musiciens de Vérone, jouait les airs les plus entraînants. Une foule énorme remplissait la

2

salle, tous les brillants cavaliers de Vérone s'y
étaient portés en foule et sous les déguisements
les plus variés, et les plus jolies femmes de la ville
s'y étaient donné rendez-vous. Au moment où
Roméo et ses amis entraient, Capulet faisait les
honneurs de sa maison avec beaucoup de gaieté
et d'empressement :

— Salut, jeunes cavaliers, leur dit-il en les re-
cevant. Allons, jeunes dames, soyez les bienvenues
et évertuez-vous à danser aujourd'hui. Profitez de
votre jeunesse, je me rappelle que, moi aussi, j'ai
été jeune et qu'à l'abri du masque j'aimais à
conter fleurette à l'oreille des dames. Musiciens,
commencez, et vous, jeunes filles, commencez la
danse !

En un clin d'œil, les danseurs eurent pris place,
et les Capulets, confondus sans le savoir avec les
Montaigus, se livrèrent avec ardeur au plaisir.
Seuls Roméo et son ami Benvolio ne dansèrent
pas; abrités derrière un des énormes piliers de
la salle, ils observaient sans être vus; Roméo,
l'œil en feu, ne perdait pas de vue un couple
auquel il paraissait porter beaucoup d'intérêt.

— Vois là-bas, dit-il à Benvolio, cette belle
jeune fille qui appuie si gracieusement la tête
sur l'épaule de son cavalier? Qu'elle est belle,
n'est-ce pas? Ne brille-t-elle pas au milieu de
toutes les autres par son incomparable beauté?
Quelle blancheur éblouissante ! C'est trop de
beauté pour une mortelle et la terre n'est pas
digne de posséder un pareil trésor. La connais-
tu, Benvolio ?

— Non, mon ami, je ne la connais pas.

— Après la danse, reprit Roméo, je regarderai
où elle va s'asseoir, et, ma main touchant la
sienne, je m'enivrerai de bonheur. Oh! non, je

n'avais jamais aimé jusqu'à ce jour, jusqu'à ce jour je ne savais pas ce qu'était la beauté.

A ce moment, la danse cessa, et bientôt Roméo se séparant de Benvolio se dirigea vers Juliette, s'assit auprès d'elle et sollicita la faveur de la faire danser. La jeune fille accepta, et bientôt Roméo, ivre de joie, passant son bras autour de la taille flexible de Juliette, sentit battre le cœur de celle qu'il aimait ; laissons-le tout entier à sa félicité pour voir ce qui se passe auprès de lui pendant ce temps-là.

Parmi les invités de Capulet se trouvait Tibald, son parent et l'ennemi le plus acharné de Montaigu ; c'était un homme jeune encore et bien connu dans Vérone pour un spadassin redoutable ; aussi, lorsque, toisant des pieds à la tête le cavalier qui faisait danser Juliette, il eut acquis la conviction qu'il n'était autre que Roméo, le sang lui monta au visage et sa colère et sa haine ne connurent plus de bornes.

— Donne-moi mon épée, dit-il à son page, qu'il ne soit pas dit que ce misérable sera venu ici à la faveur d'un déguisement grotesque insulter à notre fête de famille sans qu'il en soit châtié, je veux qu'ici même il reçoive la mort de mes propres mains.

— Tout beau ! mon neveu, dit Capulet qui survint à ce moment, pourquoi vous mettez-vous en colère et à quoi bon prendre votre épée ?

— Ne voyez-vous pas, mon oncle, répondit Tibald, que cet homme est un de nos ennemis : c'est cet odieux et ce lâche Roméo qui est venu nous braver au milieu de notre fête.

— De grâce, dit Capulet, modérez-vous, mon neveu, et laissez Roméo tranquille, son extérieur me plaît et je sens que ma haine envers sa famille s'est beaucoup affaiblie; toute la ville s'accorde à le vanter comme un cavalier accompli et à voir en lui un jeune homme de beaucoup d'avenir; je ne voudrais pas d'ailleurs, pour tous les trésors du monde, le voir insulter dans ma propre maison; calmez-vous donc, Tibald, je vous ordonne de le laisser tranquille et de quitter cet air menaçant qui vous sied si mal surtout dans une fête; allons, soyez plus gracieux!

— Mon oncle, repartit Tibald, je ne souffrirai pas qu'un hôte aussi odieux s'introduise impunément dans notre fête, c'est une honte!

— Dites-moi, Tibald, reprit Capulet, suis-je le maître ici ou vous? N'allez-vous pas provoquer une émeute parmi nos invités et vouloir commander chez moi? Allez, vous n'êtes qu'un jeune étourdi et votre sortie pourrait bien vous coûter cher..... Je m'entends. Ah! vous viendriez ici me contrarier! Vous avez, je vous en préviens, bien mal choisi votre moment, je saurai bien vous ramener au calme, allons, sortez, faquin!

Le ton avec lequel Capulet avait prononcé ces dernières paroles ne laissait aucun doute sur leur sincérité, Tibald le comprit, aussi obéit-il sur-le-champ.

— Mon oncle, dit-il en partant, puisque je ne puis assouvir ma colère, je me retire; mais la vengeance n'y perdra rien: je saurai bien retrouver Roméo et le traiter comme il le mérite.

Sur ces entrefaites, la danse venait de finir, et pendant que Tibald sortait de la salle du bal, Roméo tenant la main de Juliette et la pressant avec transport, la conduisait un peu à l'écart, et, se démasquant, il lui tenait les propos les plus tendres.

— Si ma main ose toucher la vôtre, gentille demoiselle, lui disait-il, si cette audace mérite un châtiment, laissez-moi pour la peine expier ma faute par un tendre baiser.

Juliette ne s'offensa pas; ses joues au contraire, se colorèrent de plaisir, ses yeux prirent une expression inaccoutumée, et abandonnant sa main à Roméo, ses yeux fixés dans ceux de son amant :

— Beau pèlerin, lui dit-elle, c'est vous faire injure que de parler ainsi : n'est-ce pas en leur baisant la main, que les pèlerins saluent les saints.

— Eh bien! chère adorée, reprit Roméo, souffrez que mes lèvres déposent leur prière sur votre main blanche.

Juliette lui tendit son front qu'il couvrit de baisers, puis ils se séparèrent; la gouvernante de Juliette étant venue la chercher de la part de sa mère.

Quelques instants après, le bal étant sur le point de finir, Benvolio vint chercher Roméo et ils sortirent ensemble.

— Ah! dit alors le jeune homme, c'en est fait de mon repos et de ma tranquillité.

Cependant Juliette voulait savoir quel était ce jeune homme pour lequel elle avait déjà conçu une si vive passion, elle demanda à sa gouvernante qui il était; mais celle-ci l'ignorait: aussi Juliette, ayant hâte d'avoir des renseignements à cet égard, l'envoya sur-le-champ prendre des informations :

— Allez, lui dit-elle, demandez comment il se nomme, sachez s'il est marié: dans ce cas, c'en est fait de moi.

La gouvernante de Juliette vint la retrouver

2.

dans sa chambre, elle lui apprit alors que celui qu'elle aimait n'était autre que Roméo Montaigu, le fils unique du plus grand ennemi de son père. Cette révélation inattendue plongea la pauvre Juliette dans le plus profond désespoir ; elle renvoya sa gouvernante, et, quand elle fut restée seule, elle donna un libre cours à son chagrin, et ne put retenir ses larmes.

— Que je suis malheureuse ! pensait la tendre jeune fille. Pourquoi faut-il que la haine s'oppose à mon amour ? Ah ! Romeo, toi que je ne connaissais pas, je t'ai vu trop tôt, et je t'ai connu trop tard ! Quelle est donc cette étrange destinée d'amour qui m'oblige à aimer un ennemi détesté ?

III

Après le bal. — Entrevue nocturne de Roméo et de
Juliette. — Le seigneur Paris, rival de Roméo.
— L'ermite Laurent. — Mariage secret de Roméo
et de Juliette.

En sortant du bal, Roméo et Benvolio avaient
rencontré Mercutio, et tous les trois se dispo-
saient à rentrer, lorsque Mercutio les avait
entraînés dans une taverne où se donnaient
rendez-vous quelques jeunes seigneurs de Vérone
pour y passer la nuit en orgies. Roméo, absorbé
par le souvenir des instants voluptueux qu'il venait de passer auprès de Juliette, tout entier à
son amour, les avait suivis presque machinale-
ment ; mais les rires bruyants des viveurs qui
remplissaient la taverne ne tardèrent pas à
l'arracher à sa rêverie. Il se sentit mal à son aise
dans un milieu qui contrastait si singulièrement
avec les pensées poétiques qui occupaient son
esprit ; les plaisirs grossiers des jeunes seigneurs
qui l'entouraient blessaient la délicatesse de ses
sentiments ; il n'éprouvait plus que du dégoût et
du mépris pour ce genre d'existence, dans lequel
les jeunes gens de Vérone dépensaient le meilleur

de leur santé, et jetaient follement à l'orgie les
plus belles années de leur jeunesse. Et pourtant,
il n'y avait pas si longtemps que lui-même était
l'un des habitués les plus exacts de cette maison
de plaisir. Sous quelle influence Romeo débau-
ché était-il donc devenu le plus sage et le plus
vertueux des jeunes gens de toute l'Italie? C'est que
l'amour pur, l'amour chaste, qui purifie tout,
s'était emparé de son âme et y régnait en maître
absolu après en avoir chassé le vice et les passions brutales. Le goût des plaisirs faciles avait
fait place à une de ces passions irrésistibles devant lesquelles toutes les autres s'effacent, à une
de ces passions qui font de l'homme l'instrument
de toutes les audaces et de toutes les lâchetés:
force invincible contre laquelle les âmes luttent
avec d'autant moins d'avantage qu'elles sont
mieux trempées, et qui, plus forte après chaque
assaut, finit par surmonter tous les obstacles et
par briser la volonté la plus énergique.

Roméo, craignant les sarcasmes de ses amis,
profita d'un instant pendant lequel ils se livraient
avec ardeur à la passion du jeu pour sortir fur-
tivement. Il s'élança rapidement dans la rue et
gagna bientôt la maison de Capulet vers laquelle
ses pas l'avaient conduit instinctivement.

Le palais dans lequel habitait sa maîtresse,
donnait par derrière sur de vastes jardins fermés
par des murailles élevées qui semblaient défier
les plus intrépides, mais rien n'est impossible à
l'amour.

— Où irai-je, pensa Romeo, quand mon cœur
est ici; franchissons ces murs, n'est-ce pas dans
cette enceinte que repose ma Juliette adorée?

Quelques arbres plantés à une certaine distance des murs entouraient le jardin. Romeo, à

la faveur des pâles reflets de la lune, constata
que les branches de l'un d'eux s'étendaient
jusque au-dessus du jardin de Capulet, il y grimpa
aussitôt, aussi agile qu'un écureuil, s'élança sur
la branche et se laissa tomber dans le verger. Un
bruit sourd, celui de sa chute sur le sol se fit entendre ; puis.... le silence de la nuit bientôt in-
terrompu par l'arrivée de Benvolio et de Mercutio.

Les deux joyeux compagnons n'avaient pas
tardé à constater la disparition subite de Roméo,
et aussitôt, guidés par un juste pressentiment,
ils s'étaient élancés sur ses pas dans la direction
du palais de Capulet, pensant bien le rencontrer
sous les fenêtres de Juliette. A ce moment, la lune
s'était cachée derrière un nuage et l'obscurité
ne permettait de rien distinguer ; d'ailleurs,
Roméo venait de sauter dans le jardin quelques
minutes avant leur arrivée. Benvolio l'appela à
plusieurs reprises, mais sa voix se perdit au milieu du silence.

— Sois tranquille, dit Mercutio, il n'est pas
encore assez fou pour escalader le jardin de Capulet
ou pour rôder toute une nuit autour de sa demeure, il est tout simplement rentré chez lui et
couché.

— Je crois bien plutôt, répondit Benvolio,
qu'il est revenu par ici et qu'il a franchi ce mur ;
il doit être dans le verger. Appelle-le donc à ton
tour, mon bon Mercutio.

Mercutio, qui était d'humeur plaisante, ne se
le fit pas répéter deux fois, bien décidé à ne pas
ménager ses sarcasmes à l'amant de Juliette :

— Oui, dit-il, je vais l'appeler par des noms
fantastiques.

— Eh ! Roméo, romanesque amant ! Viens à

nous sous la forme d'un soupir ! Adressé un
compliment à ta commère Vénus ! Évoque son
fils Cupidon ! donne-lui des petits noms gracieux?

Mais Roméo ne répondait pas, aussi Mercutio
parla plus haut :

— Oh Roméo, s'écria-t-il, je t'en conjure par
les yeux brillants de ta maîtresse, par son front
si pur, par ses lèvres si vermeilles, par son pied
si mignon, par sa jambe si fine, Roméo, je t'en
conjure, montre-toi !

— Ah ! lui dit Benvolio, tu as le temps d'attendre si tu crois qu'il répondra à tes plaisanteries.
Viens, car je crois qu'il est caché sous ces arbres
pour y rester seul avec son amour; sa passion
est aveugle, les ténèbres de la nuit lui convien-
nent à merveille.

— Aveugle en effet, reprit Mercutio, car à quoi
bon s'asseoir sous un arbre et s'épuiser en vœux
insensés. Bonne nuit, Roméo ! je vais gagner mon
lit ; il fait trop froid ici, je n'y dormirais pas.
Allons-nous en, Benvolio : il est inutile n'est-ce
pas, de chercher un homme qui ne veut pas qu'on
le trouve?

Les deux amis s'éloignèrent, on entendit pendant quelques temps le bruit de leurs pas ; puis un
silence sépulcral succéda aux joyeuses plaisanteries du bon Mercutio qui n'avaient pas échappé
aux oreilles de Roméo.

— Voilà, pensa-t-il, comme ils se moquent de
l'amour, ceux qui n'en connaissent pas les angoisses !

Depuis quelques instants déjà, Roméo essayait
de surprendre un bruit, une lueur qui pût lui
indiquer la chambre de Juliette ; peu à peu, il
s'était rapproché du palais, et, escaladant le socle
élevé d'une statue, il s'y assit, observant les

unes après les autres, toutes les fenêtres de la maison. Tout à coup, la lune depuis longtemps voilée, se dégagea des nuages, et Roméo put sentir les battements précipités de son cœur, quand il entendit une fenêtre qui s'ouvrait doucement.

Couverte d'un long vêtement blanc sous lequel se dessinaient vaguement les formes de son corps, Juliette parut à la fenêtre : la clarté de la lune faisait ressortir davantage la blancheur de son visage, et ses longs cheveux noirs, flottant sur ses épaules, encadraient à merveille cette gracieuse apparition. Ses grands yeux refléchissant les pâles rayons de la lune, avait d'étranges reflets.

Roméo était ravi, il n'osait plus respirer tant il craignait de l'effrayer et de la voir disparaître; il lui semblait qu'elle parlait, bien qu'il n'entendît nullement le son de sa voix.

— Ses yeux, pensait-il, ont un langage, je veux leur répondre; mais non! Ce serait trop d'audace, car ce n'est pas à moi que ces regards s'adressent. Que ses yeux sont brillants! on dirait deux étoiles dérobées à la voûte des cieux.

Juliette paraissait en proie à une sombre rêverie, elle s'accouda bientôt sur le bord du balcon et laissa tomber doucement sa tête sur sa main, puis elle leva les yeux vers le ciel comme pour le prendre à témoin :

— Que je suis malheureuse ! dit-elle après un profond soupir.

— Elle vient de parler, pensa Roméo; oh! que ne puis-je, comme le gant qui couvre sa main, toucher sa joue de rose ; ange adoré, parle encore, tu m'apparais radieuse comme un messager du ciel.

— Oh ! Roméo, reprit Juliette après un instant

de silence, Roméo, pourquoi es-tu de la famille Montaigu ? Renonce à ton père, abjure ton nom, ou, si tu le préfères, jure que tu seras mon amant et je cesserai d'être une Capulet.

Juliette n'eût pas osé parler ainsi, si elle ne se fût cru parfaitement seule : aussi, Roméo ne savait s'il devait garder le silence ou répondre aux paroles qu'il venait d'entendre, Juliette continua de parler :

— Il n'y a en toi, disait-elle, que ton nom qui soit mon ennemi ; cesse d'être Montaigu, tu seras toujours toi-même. Que m'importe, après tout, ce nom ? Quelque nom que l'on donne à la rose, elle n'en continuera pas moins d'exhaler les plus douces senteurs. De même Roméo, en changeant de nom, n'en conservera pas moins pour cela les qualités qui me le font tant aimer. Abandonne ton nom, Roméo, et en échange je me donnerai tout entière à toi !

A ce moment, Roméo ne put résister au désir qu'il avait de répondre, malgré les efforts qu'il fit sur lui-même :

— Juliette, répondit-il, je te prends au mot, choisis le nom que tu veux que je porte, et sur-le-champ je m'engage à abjurer pour toujours le nom de Roméo.

Juliette, en entendant ces mots, fut surprise et un peu confuse d'avoir laissé échapper son secret ; néanmoins, elle ne s'effraya pas, croyant bien avoir reconnu la voix de son bien-aimé.

— Qui es-tu, toi qui profites de la nuit pour surprendre mon secret ? demanda-t-elle.

— Je ne sais comment te répondre, ange adoré, répondit Roméo ; mon nom, je le hais, puisqu'il t'est odieux.

— Mais ta voix, je la reconnais, si mes oreilles

ne me trompent, le son ne m'en est pas inconnu;
n'es-tu pas Roméo Montaigu?

Roméo ne savait que répondre, puisqu'il savait que son nom était odieux à Juliette; mais
celle-ci avait reconnu son amant et déjà une se-
crète terreur s'était emparée de son âme, à la
pensée que Roméo courait les plus grands dangers, si quelque personne du palais le surprenait
dans le jardin.

— Comment, lui dit-elle, es-tu entré dans ce
jardin dont les murs élevés sont presque infran-
chissables? Pourquoi es-tu venu? Ne sais-tu pas
que tu trouveras la mort dans cet endroit si
quelqu'un de ma famille t'y surprend?

— Juliette, ma chère Juliette, répondit Roméo,
j'ai franchi ces murs sur les ailes de l'amour,
l'amour vrai ne connaît pas d'obstacles, il ose
tout, et tes parents ne me font pas peur.

— Mais, s'ils te surprennent, ils te tueront sous
mes yeux, je ne le voudrais pas pour tout le
monde entier.

— Juliette, dit Roméo, il n'y a de danger pour
moi que dans la flamme de tes yeux, daigne adou-
cir ton regard, et je serai insensible à la haine de
tes parents. La nuit me dérobe à leurs regards, et
d'ailleurs, si tu m'aimes, que m'importe qu'ils
me surprennent. J'aime mieux être écrasé ici
sous le poids de leur haine, que de vivre plus
longtemps sans être aimé par toi.

— Mais, encore une fois, reprit Juliette, dis-
moi qui t'a guidé pour te faire entrer dans ce
jardin?

— L'amour seul, Juliette; tu ne sais donc pas
qu'il n'existe pas de remparts capables d'arrêter
mon amour? Fusses-tu à l'autre bout du monde, au
milieu des flots de l'Océan, je saurais les braver

3

et échapper aux tempêtes pour me rendre auprès de toi !

— Oh, Roméo, mon bien aimé, répondit Juliette attendrie, j'ai honte de savoir que tu as entendu le secret que je confiais à la nuit seule... j'en rougis encore, je le sens. Oh! combien je regrette ma franchise, et comme je voudrais nier l'aveu qui s'est échappé de mon cœur! Mais il n'est plus temps de dissimuler mon amour. Et toi, Roméo, m'aimes-tu? Je sais d'avance que tu vas me répondre oui, et cet aveu me comblera de joie; mais ne fais pas de serment: cela ne t'empêcherait pas de devenir perfide, les amants se font un jeu de trahir leurs serments. Mais toi, Roméo, mon bien-aimé, si tu ne m'aimes pas, dis-le-moi franchement. Je pourrais te dire, moi, que je ne t'aime pas, et cette contradiction exciterait ton amour; mais, pour le monde entier, je ne voudrais pas rétracter l'aveu que tu as surpris sur mes lèvres alors que je me croyais seule. Peut-être bien, gentil Montaigu, me trouveras-tu trop passionnée, et la violence de mon amour te fera peut-être craindre que ma conduite ne devienne légère. Noble jeune homme, aie confiance en ta Juliette, je serai plus fidèle que celles qui cachent leur passion sous les dehors de la froideur. J'aurais dû, je l'avoue, être plus réservée; mais, je te le répète, l'aveu qui m'est échappé, et que tu as entendu par surprise, n'en est pas moins l'expression sincère de mon amour; j'ai été trahie par la nuit, c'est elle qui t'a dévoilé mes sentiments : pardonne-moi donc, cher Roméo, et ne crois pas que ma conduite devienne légère parce que mon amour a été subit.

— Oh Juliette, répondit Roméo au comble du

bonheur, Juliette, je prends à témoin l'astre qui nous éclaire, que....

— Arrête, Roméo, interrompit la jeune fille, ne jure pas par cet astre inconstant, je craindrais que ton amour devînt inconstant comme lui. Juré par ta gracieuse personne, par toi que j'aime et que j'adore, et je croirai à la sincérité de ton amour. Mais ne jure point encore, qui te presse? Ta présence me comble de bonheur et m'enivre de joie, et il me semble que, si le contrat d'amour que nous formons cette nuit était conclu d'une façon trop téméraire, trop inconsidérée et trop soudaine, notre amour rapide comme lui s'évanouirait peut-être comme la lueur d'un éclair. Retire-toi, mon bon Roméo; laissons ce germe d'amour éclore et mûrir jusqu'à notre prochaine entrevue. Adieu, Roméo, adieu, que ton sommeil soit aussi calme que mon cœur l'est maintenant, adieu!

— Est-ce donc ainsi que tu me renvoies, Juliette? dit alors Roméo au comble de l'émotion.

— Que veux-tu donc de plus, mon bien-aimé?

— Je veux ton amour en échange du mien.

— Mon ami, répondit Juliette, avant que tu ne m'aies demandé mon cœur, je te l'avais donné, je voudrais bien encore avoir à te le donner une seconde fois.

— Voudrais-tu donc me le retirer, Juliette, et pour quelle raison?

— Pour te prouver ma sincérité, répondit Juliette. Mon amour pour toi, mon Roméo, est vaste et inépuisable comme la mer, plus je t'aime, et plus je veux t'aimer, c'est une passion infinie, sans bornes. Mais j'entends du bruit.... j'ai peur.... pars, mon amant... Oh! pars, je t'en conjure, adieu!.... Non, reste, c'est ma gouvernante, reste encore quelques instants, je vais revenir.

Juliette s'éloigna pendant un moment, sa gouvernante l'appelait, elle alla vers elle et la congédia ; pendant ce temps-là, Roméo, toujours appuyé sur la statue, se demandait s'il devait croire à tant de bonheur, et si tout cela n'était pas un rêve.

Cependant Juliette apparut de nouveau à sa fenêtre :

— Quelques mots encore, mon cher Roméo, lui dit-elle, avant de te dire adieu. Si le but de ton amour est honorable, si tu veux m'épouser, tu me le diras demain par la messagère que j'enverrai auprès de toi ; tu me feras en même temps savoir, où, et quand tu veux que notre union s'accomplisse. J'irai alors me mettre à ta disposition et je te suivrai, mon amant bien-aimé, partout où il te plaira de me le commander ; mais, si ton amour n'a pas le mariage pour but, cesse de me faire la cour, je t'en conjure, et laisse-moi seule avec ma douleur. Demain matin, j'enverrai chez toi. Adieu ! mille fois adieu !

Et Juliette, que la gouvernante venait d'appeler de nouveau, quitta son balcon et rentra dans la maison. Roméo resté seul se désolait déjà d'être privé de la vue de celle qu'il aimait ; il allait cependant quitter le jardin, et songeait déjà aux moyens d'en sortir lorsqu'une voix aimée l'appela de nouveau.

— Roméo ! Roméo ! murmurait Juliette, qui de nouveau était apparue sur le balcon. Oh ! mon Dieu, je n'ose élever la voix de peur d'éveiller quelqu'un dans la maison, et pourtant, je voudrais me faire entendre de mon amant.

La jeune fille appela de nouveau d'une voix étouffée. Roméo l'avait entendue.

— Que la voix d'une amante est douce à entendre au milieu d'une nuit silencieuse, pensait-il; quel charme! quelle harmonie. Me voici, Juliette, ma bien-aimée, répondit-il à sa maîtresse.

— A quelle heure enverrai-je chez toi demain matin? lui demanda Juliette.

— Vers neuf heures, répondit Roméo.

La jeune fille lui promit bien qu'elle n'y manquerait pas; mais elle avait oublié la raison pour laquelle elle l'avait rappelé: elle fit part de cette absence de mémoire à Roméo, qui lui demanda de rester auprès d'elle jusqu'à ce qu'elle se le rappelât.

— Mais, dit la jeune fille, je l'oublierai toujours tant que je te verrai auprès de moi, et je ne songerai qu'au plaisir que j'éprouve à ta vue.

Roméo voulait rester quand même et oublier tout pour rester auprès d'elle, sa passion le rendait insensé. Juliette, heureusement, avait conservé le sentiment de la prudence, elle fit remarquer à son amant que le jour allait bientôt paraître, et que, malgré la peine qu'elle éprouverait en le voyant partir, elle serait plus rassurée que de le voir exposé aux dangers qui le menaçaient s'il était rencontré dans le jardin par quelqu'un des Capulet, et, comme Roméo lui affirmait qu'il serait heureux d'être son esclave pour vivre auprès d'elle:

— Moi aussi, dit-elle, mon cher ami, je t'étoufferais à force de caresses, mais pars... Adieu! adieu!

Et Juliette rentra chez elle et ferma la fenêtre:

2.

cette fois, elle ne devait plus l'ouvrir de nouveau, Roméo comprit qu'il lui fallait partir :

— Dors en paix! dit-il en s'éloignant sans perdre de vue la fenêtre de Juliette, puis il gagna le fond du jardin. Il n'était pas facile de franchir les murs pour en sortir : aucun arbre n'était planté à l'intérieur du verger, de manière à pouvoir s'en servir pour se jeter au dehors. Roméo, après avoir réfléchi à tous les moyens qu'il pourrait bien employer pour gagner la rue, reconnut que cela ne lui était pas possible. Cramponné à la muraille, s'accrochant aux aspérités des pierres qui faisaient saillie, trois fois il avait tenté de grimper sur le mur, trois fois il était retombé les mains ensanglantées et les ongles déchirés. Son âme était inaccessible à la peur, aussi il ne s'effraya pas ; néanmoins il résolut de se cacher dans un coin obscur de ce vaste jardin. Le hasard le conduisit sous un hangar, et déjà le jeune homme y avait choisi sa place, lorsque levant les yeux au-dessus de lui, il aperçut une échelle de jardinier. C'était le salut, aussi Roméo, sans perdre un instant, car le jour venait rapidement, appuya l'échelle contre le mur, et, une minute après, il s'éloignait rapidement dans la direction de sa maison.

Juliette avait livré son cœur à Roméo, et Roméo l'aimait avec une passion égale; mais Capulet, qui n'avait pas consulté sa fille sur son goût et sur ses préférences, se sentait assez disposé à accorder sa main au seigneur Paris. C'était un parent du prince de Vérone, et, à l'heure même du bal où il était invité, il avait pris Capulet à part et lui avait demandé sa fille en mariage.

— Ma fille est encore étrangère dans le monde,

avait répondu le père de Juliette, elle n'a que
seize ans, je la trouve encore un peu jeune.

Et, comme Paris insistait, disant que des jeunes
filles s'étaient mariées avant cet âge, Capulet lui
fit remarquer que, mariées trop jeunes, les femmes
se flétrissent beaucoup plus rapidement :

— Je n'ai plus d'espoir que dans Juliette,
ajouta Capulet, elle sera la consolation de mes
vieux jours, elle est l'unique héritière de tous
mes biens, seigneur Paris, votre demande me
flatte, mais elle exige que je réfléchisse. En attendant, je vous autorise à lui faire la cour,
faites en sorte qu'elle vous aime, je soumettrai
ma volonté à son consentement : si elle le donne,
je donnerai le mien et ma réponse sera la sienne.

Puis il avait engagé le seigneur Paris à se
promener au milieu de la fête, à examiner toutes
les jolies filles qui en faisaient l'ornement et à
fixer son choix sur celle qui lui paraîtrait la plus
accomplie :

— Parmi ces jeunes beautés, avait-il ajouté,
vous verrez aussi Juliette.

Cependant Capulet avait réfléchi à la proposi-
tion du seigneur Paris, et il en avait fait part à
sa femme.

La perspective d'avoir pour gendre un grand
seigneur, un parent du prince, souriait à la mère
de Juliette, et elle usa de son influence sur
Capulet pour lui faire entendre que ce mari était
bien celui qui convenait à sa fille : aussi, dès le
matin, fit-elle appeler Juliette par sa gouvernante :

— Que voulez-vous, ma mère ? demanda la
jeune fille.

— Dites-moi, Juliette, quelles sont vos dispo-
sitions pour le mariage ?

— Ma mère, mais je n'y ai jamais songé, répondit Juliette en rougissant et avec une hésitation qui faisait douter de sa sincérité.

— Eh ! bien, répondit sa mère, vous y songerez dès aujourd'hui, ma fille ; vous avez seize ans, de plus jeunes que vous, des dames de la haute société de Vérone sont déjà mères, et moi-même j'étais votre mère à l'âge où vous êtes encore fille. Or, il faut que vous sachiez que le seigneur Paris a demandé votre main ; c'est le plus beau cavalier de Vérone. Vous sentez-vous du goût pour lui ? Vous l'avez vu à notre fête, il est beau, vous avez pu vous en assurer par vous-même, vous sentez-vous capable de l'aimer ?

— Je l'aimerai si telle est votre volonté, répondit Juliette, qui pensait à Roméo, et répondait avec assurance, mais bien fermement décidée à ne rien faire de ce qu'elle promettait.

La mère de Juliette, convaincue que sa fille avait ainsi donné son consentement, n'en demanda pas davantage, et la conversation en resta là.

Cependant Roméo, sur le point de rentrer chez lui, avait changé d'idée, et on le vit bientôt sortir de la ville et gagner une petite colline verdoyante couverte d'arbres touffus, au milieu desquels se promenait lentement un frais ruisseau. Sur le bord de l'eau, s'élevait une petite chaumière proprette adossée à une petite chapelle. C'était la demeure du pieux ermite Laurent, dont l'existence, calme et pure était partagée entre le culte de Dieu et les occupations du jardinage. Tout, dans l'entourage du père Laurent, indiquait une propreté exquise, des goûts plus que modestes et une piété à toute épreuve. Quand Roméo l'aborda, il était en train d'arroser les fleurs de son jardin :

— Je vous salue, mon vénérable père, dit le
jeune homme, quand il fut auprès de lui.

L'ermite connaissait depuis longtemps Roméo,
il était l'ami de la famille Montaigu, et souvent
l'amant de Juliette était venu le visiter dans sa
retraite et lui demander des conseils dont il s'était
bien trouvé.

Le père Laurent, en voyant Roméo à une
heure aussi matinale, en fut vivement surpris ;
il connaissait trop bien le cœur de l'homme pour
ne pas supposer aussitôt qu'un événement extraor-
dinaire amenait Roméo vers lui. Après avoir répondu à son salut, le père Laurent demanda au
jeune homme quel était le but de sa visite :

— Cette visite si matinale, lui dit-il, indique
un esprit troublé ; pourquoi vous êtes-vous si tôt
levé? Les vieillards, toujours inquiets, ne dorment
pas, en général, parce que, là où veille l'inquiétude, le sommeil ne peut entrer ; mais les jeunes
gens dorment, eux, car le sommeil se plaît à
régner dans leur cerveau tranquille et pur.
L'heure à laquelle vous êtes venu, mon cher
Roméo, me laisse supposer que quelque chose
vous inquiète, ou encore que vous ne vous êtes
pas couché.

— Non, mon père, je ne me suis pas couché,
mais je n'en ai pas moins passé pour cela une
nuit délicieuse.

— Étiez-vous donc encore avec Rosaline? lui
répliqua l'ermite, sur un ton de reproche.

— Avec Rosaline! non, mon père, j'ai oublié
d'elle jusqu'à son nom, cette femme m'a été
fatale.

— C'est vrai, mon fils, mais alors où êtes-vous
allé?

— Je vous dirai la vérité sans détour, dit

Roméo à l'ermite. A la faveur d'un déguisement, je suis allé au bal chez Capulet, et là j'ai rencontré une femme, je l'aimais déjà ; mais, depuis que j'ai senti battre son cœur contre le mien, ma passion est sans bornes, son amour pour moi est aussi irrésistible ; la haine que j'éprouvais pour la famille de Juliette Capulet, car c'est d'elle qu'il s'agit, est complétement effacée. Vous le voyez, pieux ermite, il n'y a qu'un remède à ces blessures du cœur, et ce remède est entre vos mains, vous seul pouvez l'appliquer.

— Mais, expliquez-vous, Roméo, je ne vous comprends pas, répondit l'ermite.

— Je vous ai dit, mon père, reprit le jeune homme, que j'aime la belle Juliette, fille de l'opulent Capulet, et qu'elle m'aime aussi, de son côté ; nous sommes unis par le cœur, il ne nous reste donc plus qu'à nous unir par le mariage. Je vous raconterai plus tard, pieux ermite, où et comment nous nous sommes rencontrés, comment nous nous sommes aimés et de quelle manière nous nous y sommes pris pour nous le dire ; mais le temps presse, et aujourd'hui je viens vous prier de nous marier de suite, dans la journée même.

L'ermite Laurent ne pouvait en croire ses oreilles ; un tel changement dans la conduite de Roméo le comblait d'étonnement, et il ne put s'empêcher d'en faire part à son jeune ami :

— Eh quoi ! lui dit-il, avez-vous donc abandonné si tôt Rosaline, que vous aimiez tant. Ah ! voilà bien l'amour des jeunes gens : il n'est pas dans leur cœur, mais bien dans leurs yeux. C'était bien la peine de tant vous affliger au sujet de Rosaline ! Que de soupirs perdus, que de larmes versées en vain pour cet amour dont vous ne

jouirez pas! Vous m'avez cependant assez impor-
tuné avec vos soupirs, j'entends encore vos gémissements, je vois encore sur vos joues le sillon
creusé par les larmes que vous versiez alors si
abondamment. Vous ne viviez que pour Rosaline,
vous ne soupiriez qu'après elle, et maintenant
c'est pour une autre. Ah! Roméo, convenez-en
avec moi, il est bien permis aux femmes de succomber quand les hommes sont si faibles et si
frivoles.

— Mais vous-même, mon père, vous me re-
prochiez mon amour pour Rosaline, répondit
Roméo.

— Votre amour, jamais! mais seulement l'ex-
travagance de votre passion.

— Vous me recommandiez d'étouffer cet amour,
mon père.

— C'est vrai, dit l'ermite, mais ce n'était pas
pour en concevoir un autre.

— Allons, mon père, dit Roméo, ne me faites
plus de reproches, celle à laquelle j'ai donné mon
cœur me rend amour pour amour, et Rosaline
n'agissait pas de la sorte.

L'ermite Laurent fit observer à Roméo que, si
Rosaline n'avait pas agi ainsi, c'est qu'elle voyait
bien que son amour n'était pas durable, que ce
n'était qu'un caprice sans but avouable et où le
cœur ne jouait aucun rôle. Il lui promit cependant de lui prêter son ministère pour la cérémonie du mariage, pensant que cette alliance
pourrait amener une réconciliation entre la famille de Montaigu et celle de Capulet, et qu'une
amitié solide succéderait à leur vieille haine, puis
ils se séparèrent. Roméo rentra précipitamment
dans Vérone, car l'heure à laquelle il attendait
le messager de Juliette s'avançait.

Cependant Benvolio et son ami Mercutio s'é-
taient levés de bonne heure ; inquiets sur le sort
de Roméo, ils se rencontrèrent dans la rue et se
firent part de leurs appréhensions. Mercutio demanda à Benvolio s'il en avait eu des nouvelles
et s'il était rentré chez lui ; mais Benvolio, qui
avait interrogé les gens du palais de Montaigu,
lui répondit que l'amant de Juliette n'avait pas
couché chez son père, et, comme son ami pensait
que l'amour que Roméo éprouvait pour Rosaline
finirait par lui faire perdre la raison, Benvolio
lui apprit une nouvelle plus grave : Tibald, le
parent de Capulet, celui qui avait voulu provoquer, au milieu du bal, l'amant de Juliette, venait d'adresser chez le père de Roméo une lettre
par laquelle il proposait un duel au jeune homme.
Les deux jeunes gens pensèrent bien que leur
ami saurait répondre à ce défi. Mercutio, cependant, élevait quelques doutes à cet égard.

— Le courage de Roméo, disait-il, est émoussé
par l'amour, et je crains bien, en y réfléchissant,
qu'il ne puisse tenir tête à cet enragé Tibald.

— Il est donc bien redoutable ! observa Benvolio.

— Oh ! il est brave, c'est de plus un véritable
spadassin, et il ne craint personne à l'escrime, il
se bat avec autant de méthode et de calme qu'un
musicien en apporte dans la direction d'un orchestre ; comme duelliste, il est vraiment remarquable. En un mot, c'est la plus fine lame de
Vérone ; toujours disposé à se battre, il en re-
cherche l'occasion, et, de plus, il a à lui des
bottes secrètes, infaillibles, pour se débarrasser
des adversaires qui osent accepter ses défis.

Sur ces entrefaites, Roméo arriva de leur côté ;
quand ils l'aperçurent, les deux amis se sentirent

soulagés, car ils craignaient qu'il ne lui fût arrivé quelque chose de fâcheux, et, quand il fut près d'eux, le jovial Mercutio sentit se réveiller sa verve goguenarde.

— Bonjour, Roméo, bonjour, comme tu es maigri, mon pauvre ami, tu es sec comme un hareng! Par ma foi! te voilà bien amoureux.

— Bonjour, mes amis, répondit Roméo en leur serrant la main; mais, que veux-tu donc dire, mon cher Mercutio? Qu'as-tu donc à me regarder ainsi d'un air moqueur?

— Tu nous as mis en défaut hier, tu nous as échappé, et, malgré nos recherches...

— Allons, Mercutio, interrompit Roméo, tu m'excuseras, j'avais affaire ailleurs, et, dans ces circonstances, on peut bien agir cavalièrement avec des amis intimes.

— A la bonne heure! s'écria Mercutio, qui se sentait heureux de voir une pointe de gaîté chez Roméo; ne vaut-il pas mieux te voir ainsi que de t'entendre pousser des gémissements et des soupirs d'amour. Allons, Roméo, je te reconnais maintenant, te voilà redevenu le Roméo d'autrefois; l'amour extravagant qui t'étreignait t'avait rendu idiot et comme un vrai maniaque...

— Assez, Mercutio, répondit le jeune Montaigu; cesse, je te prie, tes sottes plaisanteries.

Neuf heures allaient sonner, et Roméo se dirigeait vers sa demeure, lorsqu'il aperçut la gouvernante de Juliette qui le cherchait, guidée par Pedro, le domestique de son père. Il s'éloigna de ses amis et alla au-devant de la gouvernante:

— Ne cherchez-vous pas le seigneur Roméo? lui demanda-t-il.

— Oui, répondit-elle.

— C'est moi ! reprit Roméo.

— Fort bien alors, reprit la duègne, je voudrais vous parler quelques instants en particulier.

Roméo fit signe à ses amis qu'il les rejoindrait, et se tournant du côté de la gouvernante :

— Je vous suis, lui dit-il.

Elle l'entraîna à quelque distance de là ; et, quand ils furent seuls :

— Seigneur Roméo, lui dit-elle, ma maîtresse Juliette m'a envoyée auprès de vous, j'ai quelque chose à vous dire ; mais, avant de vous en faire part, vous ne trouverez pas mauvais que je m'informe de vos intentions à son égard. N'allez-vous point lui faire commettre un acte de folie ? Ce serait bien mal de votre part de vouloir tromper une si jeune et si jolie demoiselle. Voyons, je vous en prie, parlez-moi franchement : vos intentions sont-elles honnêtes ?

— Oh ! répondit Roméo, pouvez-vous en douter ? Prêtez-moi votre appui auprès de Juliette, dites-lui combien je l'aime ; je vous jure que je parle avec franchise.

— Très-bien ! reprit la gouvernante. Jeune homme, je lui en ferai part, je lui dirai que vous avez parlé en homme bien élevé, que vous êtes digne de son amour. Ah ! seigneur Roméo, vous aurez là une belle et joyeuse épouse.

— Maintenant, écoutez bien, lui dit Roméo : allez dire à Juliette qu'elle cherche un prétexte pour se rendre cette après-midi chez l'ermite Laurent, et que là je me trouverai, et que nous serons mariés par ce saint homme dans la chapelle de son ermitage ; il est prévenu, et il a consenti à tout, il nous attend. Par conséquent, pas de retard, le temps presse.

Et Roméo, qui connaissait la puissance de l'or sur les esprits hésitants, triompha des scrupules de la gouvernante en lui mettant dans la main une bourse richement garnie.

— Merci, seigneur, répondit la duègne, Juliette se trouvera à votre rendez-vous, je vous en réponds.

— Quant à vous, ajouta Roméo, vous aurez soin de nous attendre derrière la chaumière de l'ermite; Pedro vous y rejoindra et il vous donnera une échelle de corde dont je me servirai la nuit pour entrer dans la chambre de mon épouse. Allez, servez-nous fidèlement, et je saurai reconnaître vos services.

— Merci, seigneur Roméo, et Dieu vous bénisse! Mais, Pedro est-il discret? Etes-vous sûr de lui? Vous savez que, lorsqu'un secret est confié à deux personnes, il y a bien des chances pour qu'il soit livré par l'une d'elles.

— Mon page est loyal et franc comme mon épée, répondit Roméo.

— Tout va bien, alors, seigneur, repartit la gouvernante. Je m'éloigne... Ah! seigneur, Juliette est bien la plus douce créature qui se puisse rencontrer. Il y a, à Vérone, un noble chevalier, le seigneur Paris, qui voudrait bien en faire sa femme; mais la pauvre et chère Juliette le déteste à un tel point qu'elle aimerait mieux voir un crapaud que de le voir. Avant de vous connaître, cela me fâchait, et je lui disais que le seigneur Paris est un galant homme. Ah! quand je lui disais cela, je puis vous assurer qu'elle devenait aussi blanche que l'hermine.

— Allez, dit Roméo, et saluez Juliette de ma part.

— J'y cours, seigneur, et la saluerai mille et mille fois.

Et la gouvernante s'éloigna. Juliette, on le voit d'après ce qui précède, l'avait mise au courant de son amour ; en mettant la gouvernante dans sa confidence, la fille de Capulet savait bien quelle imprudence elle commettait ; mais, à qui s'adresser ? quel autre messager choisir pour remplir une mission si délicate ? L'or avait d'ailleurs fermé la bouche de la duègne, sa discrétion était acquise aux deux amants.

Cependant Juliette attendait avec impatience le retour de sa gouvernante, et les minutes lui semblaient longues comme des siècles :

— Il était neuf heures, pensait-elle, quand ma gouvernante est partie, elle m'a promis de revenir au bout d'une heure, et je ne la vois pas encore. Que peut-il lui être arrivé ? Peut-être n'a-t-elle pas trouvé Roméo ? Et puis, elle marche si lentement ; les messagers de l'amour devraient être portés avec la rapidité de la pensée ou sur les ailes d'une colombe. Il est midi, voilà trois heures que ma gouvernante est partie, et elle n'est point encore de retour. Ah ! si elle comprenait la violence de mon amour, elle ne me ferait pas attendre ainsi ; mais ces vieilles gens marchent avec une lenteur désespérante. Oh bonheur ! la voilà ! Ma bonne gouvernante, as-tu rencontré mon Roméo ? Quelles nouvelles m'apportes-tu ?

La gouvernante feignait une grande fatigue et ne répondait pas, Juliette était sur des charbons ardents :

— Mais parle donc ! dit-elle, ne me fais pas languir ! Pourquoi cet air triste ? Si tu m'apportes de mauvaises nouvelles, annonce-les-moi, malgré cela, d'un air calme ; si ces nouvelles sont bonnes, pourquoi en atténuer la douceur par cet air abattu ?

— Votre amant, dit la gouvernante, est bien l'homme qu'il vous faut ; je ne connais pas de physionomie plus avenante que la sienne, sa jambe est faite au tour : sa main, son pied et sa taille n'ont pas leurs pareils, c'est la douceur même.....

— Mais, interrompit Juliette avec impatience, ce n'est pas cela que je te demande, tout ce que tu dis là, je le savais. Mais que t'a-t-il dit au sujet de notre mariage ? Voyons, dis-moi vite, que t'a dit mon amant ?

— C'est un beau cavalier, poli et gracieux ; il m'a donné pour mission de vous dire que, sous n'importe quel prétexte, vous deviez vous trouver cette après-midi à l'ermitage du père Laurent, c'est là que va vous attendre l'amant qui va devenir votre époux. Ah ! comme vous voilà heureuse maintenant ! Allons, ne rougissez pas tant !

Juliette songea alors au moyen de sortir ; elle obtint la permission d'aller à confesse, et sa gouvernante l'accompagna pour attendre, suivant l'ordre de Roméo, que Pedro vînt lui apporter l'échelle de corde. Il est aisé de se figurer l'empressement que mit Juliette à voler au rendez-vous ; elle courait plutôt qu'elle ne marchait, et sa gouvernante, qui ne pouvait la suivre, arriva bien longtemps après à l'ermitage, tout en maudissant des amours qui lui causaient tant de fatigues.

— C'est moi, murmurait-elle, qui ai la peine, et les autres le plaisir !

Cependant Roméo attendait sa Juliette avec impatience ; il avait tressé, pour sa fiancée, une couronne de fleurs, pendant que l'ermite disposait l'autel pour la cérémonie du mariage. Quand sa fiancée arriva, Roméo se jeta à son cou et ils se tinrent longtemps embrassés, le père Laurent vint les rappeler à l'objet de leur rendez-vous et les conduisit à la chapelle :

— Que le ciel, dit-il, en leur donnant sa bénédiction, que le ciel nous soit favorable ! Dieu veuille que plus tard nous n'ayons pas à nous repentir tous de cette union !

— Qu'importent, répondit Roméo, les malheurs qui peuvent fondre sur nous ! ils n'anéantiront jamais le bonheur que j'éprouve lorsque je suis en présence de ma bien aimée. Mon père, unissez seulement nos mains en prononçant les paroles sacrées, et ensuite advienne que pourra ! Il suffit que je puisse donner à Juliette le nom de mon épouse.

— Mon fils, répondit l'ermite, ces grandes joies finissent souvent par de grands chagrins, elles se noient dans leur propre ivresse. Le miel lui-même, malgré sa douceur, finit par sembler fade et insipide ; aimez-vous donc moins si vous voulez vous aimer longtemps.

Quand la cérémonie fut terminée, les deux époux remercièrent avec effusion le vieil ermite qui venait de combler leurs vœux, puis ils sortirent, se tenant étroitement enlacés :

— Ah ! ma Juliette, dit Roméo, si tu es heureuse autant que je le suis moi-même, si tu as plus d'éloquence que moi pour exprimer ton bonheur, parle et fais-moi part de ta joie, de la joie que nous éprouvons à la suite de cette union.

— Je ne puis, répondit Juliette, exprimer ce que j'éprouve ; on n'est riche que lorsqu'on ne peut plus compter ses trésors, et ceux de mon bonheur sont inépuisables. Mon amour et mon bonheur sont portés à un si haut point que je ne saurais jamais calculer la somme de toutes mes félicités.

Mais l'heure s'avançait, et, comme Juliette craignait d'éveiller les soupçons de ses parents, elle appela sa gouvernante, à laquelle Pedro avait remis une échelle de corde ; puis, après avoir longuement embrassé Roméo, qui lui promit d'aller la voir la nuit, les deux époux se séparèrent.

La fille de Capulet était maintenant la femme d'un Montaigu.

IV

Au moment où Roméo et Juliette recevaient la bénédiction nuptiale, Vérone était le théâtre d'un événement qui devait devenir bientôt funeste aux deux nouveaux époux par les complications qui en résultèrent.

Il faisait une de ces journées orageuses et accablantes qui énervent l'homme et surexcitent ses passions ; le sang afflue plus abondant au cerveau et les nerfs ne demandent qu'à se détendre. Mercutio et Benvolio se promenaient dans la rue et subissaient, malgré eux, l'influence de l'atmosphère ; pour un oui et pour un non, ils se seraient volontiers cherché querelle l'un à l'autre, si l'amitié ne les en eût empêchés.

— Il me semble, disait Benvolio, qu'il y a quelque chose dans l'air ; le temps est à l'orage, les Capulets se promènent par les rues, si nous les rencontrons, une querelle est inévitable.

— Ah ! dit Mercutio, tu me fais l'effet d'un homme qui, entrant dans une taverne, prendrait son épée, la poserait sur la table et dirait : « Dieu veuille que je n'aie pas besoin de toi aujourd'hui. » Bientôt, le premier verre de vin avalé, il chercherait, au premier venu, une querelle, sans aucun prétexte.

— Oh ! dit Benvolio, je ne suis pas si batailleur !

— Allons donc, repartit Mercutio, il n'est pas dans toute l'Italie, de cerveau brûlé comme le tien : pour un rien tu es colère, et, quand tu es colère, tu es querelleur. Si tu connaissais un homme de ton caractère, vous seriez bientôt morts tous les deux, car vous vous tueriez l'un et l'autre. Pour un poil de plus ou de moins à sa barbe qu'à la tienne, tu lui chercherais dispute, il ne t'en faudrait pas davantage. Ta tête est remplie de rixes et de querelles, et je ne comprends pas qu'elle en renferme encore après toutes celles que tu as provoquées. Tu as déjà provoqué un homme parce qu'il toussait dans la rue, tu donnais pour prétexte qu'il avait ainsi éveillé ton chien qui dormait au soleil ; tu as attaqué une autre fois un ouvrier parce qu'il portait son costume du dimanche la veille de Pâques ; une autre fois tu t'es querellé avec un passant inoffensif parce que ses chaussures neuves étaient attachées avec un vieux ruban. Voyons, je te le demande, n'est-ce pas là le fait d'un querelleur ?

— Eh ! répondit Benvolio, à quel propos tous ces sarcasmes ? Tu m'attribues tous tes défauts, il n'est pas au monde d'homme plus querelleur que toi. Laisse-moi tranquille, tu ne sais ce que tu dis.

A ce moment, ils aperçurent Tibald accompagné de plusieurs des amis de la famille Capulet qui se dirigeait de leur côté, et il faut rendre cette justice à Mercutio et à Benvolio, que la provocation ne vint pas de leur part :

— Cavaliers, dit Tibald en les abordant, je voudrais dire un mot à l'un de vous.

— A merveille, répondit Mercutio, et que le coup suive la parole.

— J'y suis tout disposé, riposta Tibald, pour peu que tu veuilles m'en fournir l'occasion.

— Tu peux bien la trouver toi-même !

— Tu es d'accord avec Roméo ! reprit Tibald.

— D'accord ! nous prends-tu pour des ménétriers ? tiens, voilà mon archet, dit Mercutio que la colère commençait à gagner ; c'est avec cet archet que je te ferai danser.

Et en disant ces mots, Mercutio avait mis la main sur la garde de son épée et il s'apprêtait à dégainer.

Benvolio s'interposa :

— Voyons, dit-il, ne restons pas à nous quereller en pleine rue ; cherchons un endroit écarté, ou bien discutons avec calme sur nos griefs ; éloignons-nous, tout le monde nous regarde.

— Qu'on nous regarde si on veut, les yeux sont faits pour cela, reprit Mercutio, moi je reste ici.

Sur ces entrefaites, Roméo, qui, en sortant de l'ermitage, avait quitté Juliette à l'entrée de la ville, de peur que quelqu'un ne les rencontrât, survint au milieu de la querelle. Il se dirigea vers le groupe, car il avait entendu et reconnu les éclats de voix de Mercutio. Lorsque Tibald aperçut l'époux de Juliette, sa colère se changea en une véritable fureur :

— Je fais la paix avec toi, dit-il à Mercutio, j'aperçois Roméo, c'est l'homme qu'il me faut.

— Allons donc, riposta Mercutio, tu peux marcher devant lui, sois sûr qu'il te suivra.

Cependant Roméo s'était approché, lorsque, sans aucune provocation de sa part, Tibald se tourna vers lui et lui dit :

— Roméo, je t'aime tant que le meilleur compliment que je puisse te faire c'est de te dire que tu es un lâche !

Roméo eut assez de force sur lui-même pour dissimuler l'indignation qu'il éprouva en se voyant insulter d'une manière aussi grossière :

— Tibald, répondit-il avec un calme apparent, j'ai des motifs pour t'aimer, et c'est pour cela que j'excuse la singulière façon dont tu viens de me saluer. Non, je ne suis pas un lâche, tu ne me connais pas, je le vois. Adieu.

— Jeune homme, reprit Tibald, ce n'est pas cela qu'il me faut, il me faut une réparation pour les outrages que tu m'as fait subir en venant au bal chez Capulet, car je t'ai reconnu sous ton déguisement, sache-le bien : ainsi donc, ne t'en va pas et mets-toi en garde.

— Je t'assure que je n'ai jamais cherché à t'offenser, répondit Roméo, je t'aime, je ne puis te dire encore pourquoi ; en attendant, brave Capulet, sache que ton nom m'est cher autant que le mien et calme-toi.

Ce n'était pas par lâcheté que Roméo parlait de la sorte ; l'époux de la douce Juliette était connu dans toute la ville pour sa bravoure, et, dans les guerres que le prince avait eu à soutenir contre les états voisins, il avait accompli de véritables prodiges de valeur. Mais, au moment où Tibald l'insultait, il venait de devenir son parent et il lui répugnait de tremper son épée dans le sang d'un Capulet. Il avait devant les yeux l'image de Juliette parente de Tibald, et, de plus, le prince avait formellement défendu à ses sujets de se battre sous peine de mort. Qu'adviendrait-il, si lui, Roméo allait subir une telle peine au moment même où il venait d'unir ses destinées à celles de Juliette? Il la voyait déjà veuve avant d'être épouse, et l'idée des violents chagrins que sa bien-aimée pourrait subir s'il se battait retenait son bras sollicité par la vengeance : l'amour seul était capable d'armer Roméo d'une telle résignation. Mais Mercutio, qui n'avait pas les mêmes raisons de conserver son sang froid, Mercutio pour lequel le duel était un besoin, Mercutio qui ne pouvait plus maîtriser sa colère, était indigné de l'attitude de Roméo qu'il prenait pour de la pusillanimté :

— Peut-on, s'écria-t-il, s'humilier aussi lâchement et aussi froidement? Tibald, veux-tu te battre avec moi?

— Que me veux-tu? lui demanda Tibald.

— Je veux ta vie, répondit Mercutio. Allons, dégaîne et mets-toi en garde sans perdre un instant, ou je te fais siffler mon épée aux oreilles.

Tibald tira son épée du fourreau, en un clin d'œil il se mit en garde et le combat s'engagea. L'assaut fut terrible, les deux combattants étaient renommés pour leur adresse à l'escrime et le résultat de cette lutte était facile à prévoir, l'un des deux devait fatalement succomber. Roméo le comprit, et, comme il lui répugnait de voir tomber ou Tibald, qui était son parent, ou Mercutio, qui lui aussi était son parent et de plus son ami, il voulut faire cesser le combat :

— Mon bon Mercutio, dit-il, remets, je t'en conjure, ten épée au fourreau.

Mais Mercutio ne tint aucun compte de cette prière, la colère est sourde, et le combat se continua avec un acharnement indicible.

— Tibald, Mercutio, s'écria Roméo hors de lui-même, arrêtez-vous, je vous en prie. Benvolio, aide-moi à les désarmer; mais c'est une honte que de les voir se battre ainsi! Ne savez-vous pas que le prince a défendu formellement les rixes dans les rues de Vérone? Comme il achevait de parler, Mercutio blessé s'affaissait sur le sol en s'écriant :

— Je suis blessé à mort! me voilà expédié pour l'autre monde. Malédiction aux Montaigus et aux Capulets!

Où est Tibald? Ne l'ai-je donc pas blessé aussi. Benvolio, mon ami, va me chercher un chirurgien : où donc est mon page?

Roméo s'approcha, examina la blessure de Mercutio par laquelle le sang sortait en abondance et il voulut l'encourager :

— Prends courage, mon ami, lui dit-il, ta blessure n'est pas dangereuse.

— Non, répondit Mercutio, qui décidément devait mourir la plaisanterie sur les lèvres, non ma blessure n'a pas la profondeur d'un puits, elle n'est pas large comme le portail d'une église, mais elle est de taille à faire son effet. Quand tu viendras prendre de mes nouvelles demain matin, je ne plaisanterai plus, sois-en persuadé. Je suis poivré et cuit, il ne me reste plus qu'à faire mes adieux au monde.

Au diable les Montaigus et les Capulets! Faut-il que ce bravache, ce faquin, ce lâche de Tibald qui ne se bat que par méthode ait eu la lâcheté de me blesser à mort. Pourquoi aussi es-tu venu te jeter entre nous deux avec Benvolio?

Roméo fit remarquer à Mercutio que, s'il avait

voulu les séparer, c'était dans un but louable; puis,
comme les forces de son ami l'abandonnaient et
qu'il semblait sur le point de s'évanouir, il pria
Benvolio de l'aider à gagner une maison du voi-
sinage. Quand ils furent partis, Roméo se prit à
réfléchir sur ce qui venait d'avoir lieu, il se dit
qu'après tout c'était pour lui que Mercutio avait
reçu cette blessure qui devait l'emporter et que
sa réputation serait à jamais flétrie par l'insulte
qu'il avait reçue de Tibald.

— O ma chère Juliette, pensait-il, ta beauté m'a
rendu lâche; elle a amolli mon courage naguère
encore si énergique et mon âme si vigoureuse.

Benvolio revint bientôt, son visage pâle et dé-
fait annonçait que quelque chose de lugubre venait d'avoir lieu; en effet, il s'approcha de Roméo
et lui apprit que Mercutio, le brave Mercutio, venait d'expirer.

— Ah! s'écria Roméo, ce malheur est le commencement d'une série de mauvais jours dont
j'entrevois le terme fatal.

Cependant, Tibald qui s'était éloigné revenait
sur ses pas, il semblait aussi furieux qu'avant sa
victoire et s'avançait vers les deux amis avec une
assurance insolente. Benvolio, qui l'aperçut le premier, fit part à Roméo de son approche:

— Ah! s'écria Roméo que la colère gagna su-
bitement, il ose revenir quand il a tué Mercutio!
Pour le coup, c'en est fait de ma patience et je
veux venger mon ami en me battant avec ce vil ar-
rogant.

Tibald approchait, et quand il fut arrivé auprès
de Roméo, celui-ci l'apostropha avec violence, lui
reprochant la mort de son ami et son insolence
à son égard.

— Tu m'as appelé lâche tout à l'heure, Tibald, je

te renvoie l'injure à mon tour, oui, tu es un lâche !
l'âme de Mercutio attend la tienne pour s'installer
dans l'autre monde; l'un de nous deux accompa-
gnera mon ami dans le voyage pour l'éternité.

— C'est toi qui vas le rejoindre, répond Tibald.

Les adversaires tirèrent alors leurs épées et le
combat commença, la lutte ne fut pas de longue
durée. Roméo, après quelques passes savantes qui,
par leur rapidité et par l'habileté avec lesquelles
elles étaient dirigées, effrayèrent son adversaire,
plongea son épée dans la poitrine de Tibald qui
s'affaissa inerte et sans vie sur le pavé qu'il inonda
d'un flot de sang.

A cette vue, la foule qui s'était amassée autour
des combattants fut vivement impressionnée, on
se rappelait les menaces du prince à l'égard des
perturbateurs du repos public, et on sentait bien
que Roméo aurait maille à partir avec la justice.
L'époux de Juliette, en voyant tomber son adversaire, se trouva plongé dans la consternation; l'air
sombre et le regard morne, il contemplait froidement le cadavre de Tibald et restait étranger à
tout ce qui se passait autour de lui. Benvolio
heureusement survint et l'arracha à ses pensées :

— Pars vite, lui dit-il, fuis, Roméo, il n'est
que temps si tu veux échapper à la justice du
prince qui ne manquerait pas de te condamner à
mort.

— Ah! s'écria Roméo, je suis le jouet du malheur ; et, s'élançant à travers un dédale de rues
étroites et sombres où il était à peu près sûr de
ne rencontrer personne, il quitta le théâtre de la
lutte sanglante dans laquelle il venait de jouer un
si grand rôle.

Il n'était que temps : de tous les côtés les citoyens de Vérone, à la nouvelle de ce combat qui s'était propagée dans toute la ville avec la rapidité de l'éclair, accouraient sur le lieu du combat et venaient contempler les deux cadavres de Mercutio et de Tibald. Bientôt Montaigu, Capulet, leurs femmes et les gens de leur suite se rendirent rapidement de ce côté, précédés du prince dont la colère ne connaissait plus de bornes; la stupéfaction était peinte sur tous les visages.

— Où sont les coupables? s'écria le prince.

Benvolio qui n'avait pas quitté le cadavre de Mercutio, s'avança vers lui :

— Noble prince, lui dit-il, j'ai été témoin de cette rixe fatale et je puis vous en faire connaître tous les détails. Tibald avait provoqué votre parent Mercutio et l'avait tué, alors Roméo, pour le venger, a provoqué à son tour Tibald et l'a mis à mort.

Cependant la mère de Juliette était inconsolable de la mort de son cousin Tibald; elle remplissait l'air de ses gémissements et de ses plaintes, et sollicitait vivement le prince à la venger de la conduite de Roméo. Le prince, qui, avant tout, était un homme profondément sage et juste, voulut connaître toutes les particularités de l'affaire avant de se prononcer :

— Benvolio, dit-il, tu m'affirmes que Tibald a été l'agresseur?

— Oui, noble prince, le jeune Roméo a fait tout son possible pour le calmer, il lui a fait observer combien le sujet de la provocation était futile, il lui a fait envisager les suites probables de votre juste courroux, il a parlé à Tibald avec la plus grande douceur et le plus grand calme, il a poussé la modération jusqu'à le supplier de mettre un frein à sa haine indomptable; mais vainement. Tibald, sourd à toute parole de paix, a engagé le combat contre Mercutio dont la fureur n'était pas moins grande. C'est en vain que Roméo, s'adressant à l'un et à l'autre, leur criait : « Arrêtez-vous, mes amis, séparez-vous. » L'un des deux devait succomber dans ce duel à mort : après quelques instants de combat, Tibald plonge son épée dans le flanc de Mercutio qui tombe mortellement frappé. Le meurtrier a pris la fuite, puis il est revenu sur ses pas et s'est approché de Roméo qui songeait déjà à la vengeance. Alors l'épée à la main, ils se sont jetés l'un sur l'autre avec la rapidité de l'éclair, je n'avais pas eu le temps de tirer mon épée du fourreau pour les séparer que Tibald était tué et alors Roméo a pris la fuite. Voilà, prince, toute la vérité, je vous le jure sur ma vie.

Mais l'épouse de Capulet, qui continuait à se lamenter, ne voulait pas qu'on ajoutât foi à la déposition de Benvolio; son amitié pour les Montaigu le rendait imposteur, disait-elle, et ce n'était qu'en se jetant en grand nombre sur Tibald qu'ils avaient pu le tuer : telle était l'opinion plus ou moins fantaisiste de la mère de Juliette qui, ignorant que sa fille était l'épouse de Roméo, s'écriait:

— Prince, j'implore votre justice, vous nous la devez. Roméo a tué Tibald, Roméo doit mourir.

— Mais, répliqua le prince, Roméo, il est vrai, a tué Tibald, mais Tibald a tué Mercutio, mon parent; qui de vous en subira le châtiment ?

La mère de Roméo, qui avait écouté froidement le récit de Benvolio et les cris de haine de l'épouse de Capulet, voulut à son tour plaider en faveur de son fils :

— Prince, dit-elle, avec un calme qui contrastait singulièrement avec la fureur de la femme de Capulet, prince, Roméo était l'ami de Mercutio, son seul crime en tuant Tibald c'est de s'être substitué à la loi.

— C'est vrai, dit le prince; mais pour punir Roméo de s'être fait justice lui-même, je le condamne à l'exil. Je ne puis voir vos haines d'un œil indifférent, c'est à mon préjudice que votre sang coule dans ces rixes, mais je saurai bien les empêcher en les punissant sévèrement; je ne me laisserai fléchir ni par vos larmes, ni par vos prières, ainsi donc, cessez de m'importuner. Que Roméo sorte au plus tôt de la ville ou, s'il se laisse prendre, il sera mis à mort; ce serait favoriser le meurtre que de pardonner à l'homicide.

Le prince donna ensuite les ordres nécessaires pour qu'on enlevât les deux cadavres, puis il se retira. La foule s'écoula silencieuse, vivement impressionnée par les faits qui venaient de se passer et par les paroles du prince. Pendant que la ville entière était sous le coup de cette émeute, Juliette restée dans le palais de son père où elle était rentrée immédiatement après son mariage, ignorait ce qui se passait au dehors ; tout entière à la joie qu'elle éprouvait depuis qu'elle se sentait l'épouse de Roméo, elle était plongée dans une rêverie profonde que n'avaient pu troubler ni les cris du dehors, ni l'absence de ses parents qui s'étaient portés vers le lieu du combat. Elle attendait avec impatience que le soleil disparût à l'horizon, car Roméo devait venir chez elle pendant la nuit. N'était-ce pas dans ce but que le jeune homme avait fait remettre à la gouvernante l'échelle de corde avec laquelle il devait pénétrer dans la chambre nuptiale ?

— Oh nuit! qui favorises les vœux de l'amour, pensait la douce Juliette, laisse tomber sur la terre ton sombre rideau pour que Roméo puisse voler dans mes bras sans que personne le voie, sans que personne puisse le redire.

Oh! que cette journée est longue! combien j'ai hâte de voir mon Roméo!

Bientôt Juliette vit approcher d'elle sa gouvernante; elle semblait écrasée sous le poids de la douleur et se tordait les mains de désespoir; Juliette, à sa vue, eut le pressentiment que quelque événement fâcheux avait eu lieu :

— Qu'as-tu donc? dit-elle à sa gouvernante, d'où vient ce désespoir profond?

— Hélas! s'écria la nourrice, il est mort, mademoiselle, il est mort; nous sommes perdues, oh! quelle affreuse journée! il est mort, on nous l'a tué.

— Le ciel peut-il être assez cruel? s'écria Juliette au comble du désespoir, pensant qu'il s'agissait de Roméo.

— Non, ce n'est pas le ciel qui est cruel, répondit la gouvernante; c'est Roméo, qui eût jamais pensé que votre époux.....

— Pourquoi, répliqua Juliette exaspérée, pourquoi te fais-tu un plaisir de me torturer ainsi? Roméo s'est-il donc tué lui-même? Allons, parle, réponds-moi seulement oui et ce mot va me tuer.

— Oh! madame, reprit la gouvernante, j'ai vu sa blessure en pleine poitrine; son corps, pâle comme la mort, gisait sur le sol baigné dans une mare de sang, à cette vue je me suis évanouie.

— Oh ciel! s'écria la malheureuse Juliette, je veux mourir sur-le-champ et qu'on m'enferme avec Roméo dans un même cercueil.

— Tibald! malheureux Tibald! gémissait la gouvernante, pourquoi ai-je assez vécu pour te voir mourir?

Juliette, entendant cela, croyait que Roméo et Tibald étaient morts, et elle déplorait cette fatale journée dans laquelle elle avait perdu un époux et un parent :

— Que m'importe maintenant la vie, disait-elle, si ces deux hommes sont morts ?

Cependant la gouvernante lui fit le récit de la lutte et lui apprit que Tibald avait péri de la main de Roméo et que Roméo était condamné à l'exil. Juliette ne pouvait en croire ses oreilles ni comprendre que Roméo eût tué Tibald :

— Est-ce bien vrai? dit-elle à sa gouvernante.

— Oui, répondit celle-ci, c'est bien la main de votre époux qui a versé le sang de Tibald.

Juliette était plongée dans l'affliction la plus navrante.

Elle ne pouvait condamner Roméo dans son cœur, et cependant, l'idée qu'il pouvait avoir commis un crime la remplissait d'horreur.

— Ce visage d'ange cacherait-t-il donc, disait-elle, le cœur d'un serpent? Cet homme que je croyais doux comme une colombe, aurait-il la cruauté du vautour? Ses traits si charmants ne cachent-ils donc qu'une âme infernale? Oh! non, tout cela est impossible!

— Tous les hommes, repartit la gouvernante, sont méchants et hypocrites, ils n'ont ni foi, ni honneur, ils sont parjures à leurs serments. Que Roméo soit couvert de honte!

A cette parole, Juliette se sentit blessée, elle bondit comme la panthère sous le coup du chasseur, Roméo était son époux bien-aimé et l'insulter c'était la blesser.

— Sois maudite pour un pareil souhait! dit-elle

à sa gouvernante, Roméo n'est pas né pour la honte, l'opprobre ne pourra jamais toucher son front ; non, Roméo, c'est l'honneur en personne. Comment ai-je pu le soupçonner ?

— Ah ! reprit la gouvernante, voilà que vous allez dire du bien d'un homme qui a tué votre cousin !

Juliette garda pendant quelques instants un silence morne, elle était aux prises avec la passion et le désespoir, son amour triompha, elle ne pouvait voir un coupable dans Roméo.

— Comment pourrais-je dire du mal de mon époux ? dit-elle à la gouvernante ? Roméo, époux infortuné, qui te soutiendrait, si je t'accusais moi-même ! Mais aussi, malheureux ! pourquoi as-tu tué mon parent Tibald ? Ah ! je crois bien que Tibald l'aura provoqué dans le but de le tuer lui-même. A quoi bon les larmes que j'ai versées ? Plus j'y réfléchis et plus j'acquiers la conviction que Tibald a voulu tuer Roméo. Or, Roméo vit encore et Tibald est tué, je n'ai donc aucune raison pour pleurer. Mais ce qui m'afflige, c'est que Roméo est condamné à l'exil. A ce mot d'exil, j'oublierais la mort de mille Tibald. Roméo banni ! mais il ne pouvait m'arriver un plus grand malheur ! Dis-moi, gouvernante, où sont mon père et ma mère ?

— Ils sont auprès du cadavre de Tibald, madame, ils l'arrosent de leurs larmes ; voulez-vous aller les rejoindre ? Je vous y conduirai.

— Mes parents déplorent la mort de Tibald, dit alors Juliette, et, quand ils en seront consolés, moi je pleurerai encore Roméo exilé. A quoi bon maintenant, gouvernante, cette échelle de corde que vous avez apportée, puisque Roméo ne viendra pas ? Ah ! que je suis malheureuse ! mon lit nuptial me servira de tombeau, c'est là que je mourrai vierge et veuve.

La malheureuse épouse de Roméo congédia sa gouvernante. Désirant rester seule pour se livrer toute entière à sa douleur, elle s'enferma dans sa chambre, désespérée et ne songeant plus qu'au moyen de se débarrasser du fardeau de l'existence qui lui était devenue insupportable. Quelques instants après, sa gouvernante vint l'appeler; Juliette, qui conservait toujours au milieu de son malheur une faible lueur d'espérance, vint lui ouvrir.

— Je sais, madame, où est Roméo, lui dit la gouvernante, et je saurai bien le trouver pour qu'il vienne vous consoler. Il sera ici ce soir, je vous le promets, car j'ai de bonnes raisons pour croire qu'il est caché dans l'ermitage du père Laurent.

Juliette, de son profond désespoir passa tout à coup à la joie: elle aurait volontiers embrassé sa gouvernante; elle retira de son doigt un anneau, le confia à sa servante et lui fit promettre de le donner à Roméo, et de lui dire qu'elle l'attendait le soir même pour lui faire ses adieux avant son départ pour l'exil. La messagère de Juliette sortit aussitôt et se dirigea du côté où elle savait trouver Roméo.

Qu'était devenu notre héros depuis la malheureuse aventure dans laquelle il avait tué Tibald? Nous l'avons vu fuyant d'après les conseils de Benvolio et gagnant la campagne sans être inquiété. Lorsqu'il eut fait quelques pas en dehors de la ville, pensant avec raison que Juliette, en apprenant qu'il avait tué Tibald, allait se livrer au désespoir, il songea au moyen de la rassurer; il se dirigea sans perdre de temps vers l'ermitage du père Laurent, lui raconta en quelques mots ce qui lui était arrivé et le pria de courir jusqu'au palais de Capulet, pour prévenir Juliette qu'il était à l'abri dans la maison de l'ermite. Celui-ci s'empressa de satisfaire le désir du jeune fou, comme il avait l'habitude d'appeler Roméo, et partit, promettant de revenir bientôt et d'instruire son protégé des intentions du prince à son égard. Arrivé chez Juliette, il avait rencontré la gouvernante et lui avait dit de rassurer sa jeune maîtresse. C'est ainsi que celle-ci avait pu annoncer à Juliette qu'elle lui ferait avoir une entrevue avec son époux.

Cependant, le père Laurent, aussitôt qu'il eut appris ce qui s'était passé et la décision prise par le prince, se hâta de regagner son ermitage. Roméo l'y attendait avec impatience et vint au-devant de lui.

— Pauvre ami! lui dit l'ermite, approche-toi; ah! vraiment, le malheur t'accable et l'infortune semble attachée à tes pas.

— Quel nouveau malheur allez-vous m'annoncer, mon père? dit Roméo qui craignait que quelque malheur n'eut frappé Juliette. Quel a été l'arrêt du prince? Parlez, respectable ermite, je puis supporter les plus mauvaises nouvelles; je suis condamné à mort, n'est-ce pas?

— Non, mon fils; le prince est clément quoique juste, et il a prononcé un arrêt plus doux: ce n'est pas la mort qui t'attend, mais l'exil qui t'éloigne de Juliette, de ta famille, de tes amis, de Vérone, en un mot, de tout ce que tu as de plus cher au monde.

— L'exil! ah! mon père, ayez pitié de moi, dites plutôt la mort, que je crains mille fois moins que le bannissement.

— Calme-toi, reprit l'ermite, tu es chassé de Vérone, mais il te reste l'univers entier.

— Mais, mon père, reprit Roméo, l'univers pour moi c'est Vérone, partout ailleurs je ne trouverai qu'un enfer plein de chagrins, de regrets et de tortures; m'exiler de Vérone, mais c'est m'exiler du monde entier, et, quand on est exilé du monde entier, c'est la mort. Oui, cet exil c'est ma mort sous un autre nom, c'est une façon de me tuer comme avec une hache d'or, c'est me tuer en riant.

— Mais, ingrat, lui dit l'ermite, ne sais-tu pas que, d'après la loi, tu devrais être condamné à mort? Le prince a usé de clémence en ne te condamnant qu'à l'exil et tu ne sembles pas lui en être reconnaissant.

— Mais c'est un supplice, mon père, ce n'est ni une grâce, ni une faveur. Je ne puis vivre que là où est Juliette. Comment, son chien, ses oiseaux vivront sous le même toit qu'elle! ils pourront la contempler, entendre le son de sa voix, et moi, son époux, je ne le puis plus! Je ne pourrai plus toucher la main de Juliette! Je ne pourrai plus cueillir sur ses lèvres vermeilles les baisers de l'amour! Il faut que je fuie loin d'elle! Oh! non, jamais! je ne puis me faire à cette idée. Oh! mon père, donnez-moi quelque poison, un poignard, que sais-je, enfin, un moyen de mettre fin à mes jours.

— Jeune fou, répondit Laurent, écoute-moi. Je vais t'enseigner un moyen de lutter contre le désespoir. Arme-toi de philosophie! il n'est pas de meilleur remède contre l'adversité; avec de la philosophie, tu te consoleras dans ton exil.

— Le remède serait bon, repartit Roméo, s'il pouvait servir à faire une autre Juliette ou à transporter Vérone partout où j'irai, ou encore à changer l'arrêt du prince : je ne lui reconnais pas d'autre vertu à votre remède.

— Ah ! je vois bien, dit l'ermite, que les fous ne peuvent entendre raison !

— Et moi, repartit l'époux de Juliette, je dis que les sages sont aveugles.

— Voyons, reprit Laurent, parlons avec plus de calme.

— Mais vous ne pouvez parler de ce que vous n'éprouvez pas, reprit Roméo impatienté. Si vous étiez jeune comme je le suis, vénérable père, si vous étiez depuis quelques instants seulement l'époux de Juliette et éloigné d'elle par l'exil, comme je le suis, si vous eussiez tué Tibald, alors vous pourriez parler avec connaissance de cause... Vous pourriez vous arracher les cheveux de désespoir, comme je le fais, vous pourriez vous rouler sur le sol pour y trouver votre tombeau.

Et, en achevant ses mots, le malheureux jeune homme se roulait à terre et des larmes abondantes sillonnaient son visage. Le bon ermite, touché de tant de douleur, ne pouvait lui-même retenir ses larmes, et il prodiguait à Roméo les plus touchantes consolations. Tout à coup le son d'une voix étrangère vint frapper ses oreilles. Quelqu'un sonnait à la porte de son ermitage.

— Lève-toi, dit-il à Roméo, on frappe, cache-toi.

— Eh ! que m'importe ? répondit Roméo.

— Lève-toi, te dis-je, ou tu tomberas dans leurs mains. Entends-tu comme ils frappent.

Bon gré, mal gré, l'ermite fit entrer l'époux de Juliette dans une petite pièce séparée de son ermitage, et courut vers la porte qui donnait accès dans son petit domaine.

— Qui est là? demanda-t-il. De la part de qui venez-vous? Que voulez-vous?

— Ouvrez, répondit la gouvernante de Juliette, je vous dirai ensuite quel motif m'amène ici, je viens de la part de ma jeune maîtresse.

— Soyez la bienvenue! dit l'ermite en la faisant entrer.

La gouvernante demande aussitôt au père Laurent où était Roméo, l'ermite ouvrit la porte derrière laquelle était caché l'époux de Juliette, qui, la tête entre ses mains, absorbé par sa douleur, versant des larmes abondantes, n'avait même pas remarqué l'arrivée de la nourrice. La gouvernante dit au père Laurent que Juliette était aussi désespérée que Roméo, puis elle interpella le jeune homme et le supplia, au nom de son épouse, de sortir de l'abattement profond dans lequel il était plongé. Quand il entendit prononcer le mot de Juliette, il sortit de sa torpeur, et, s'adressant à la gouvernante:

— Juliette! s'écria-t-il, tu parles de Juliette! Comment est-elle? Depuis la mort de Tibald, ne me considère-t-elle pas comme un assassin? et ne craint-elle pas que je ne verse son sang, à elle aussi? Où est-elle? Que dit-elle de nos amours?

— Elle ne dit rien, répondit la gouvernante, elle pleure, elle pleure encore, elle pleure toujours, elle se jette sur son lit en appelant Roméo; se relève et retombe de nouveau épuisée par le chagrin.

A ce moment, le désespoir de Roméo redoubla, il pensait que Juliette ne prononçait son nom que pour le maudire; puis, l'idée de se faire mourir s'emparant de lui, il tira son épée du fourreau et voulut s'en frapper. L'ermite, heureusement, vit le mouvement de Roméo et, arrêtant son bras au moment où il allait se donner la mort, il blâma une telle conduite en termes énergiques:

— Es-tu un homme? lui dit-il, tu en as la figure; mais tu pleures comme une femme et tu te démènes comme une bête féroce, ta conduite m'étonne; en vérité, Roméo, je te croyais plus fortement trempé. Tu as tué Tibald et maintenant tu veux te frapper, et du même coup, blesser mortellement Juliette, dont la mort suivrait certainement la tienne. Vouloir se tuer, c'est insulter au ciel et à l'humanité! Tu déshonores ton amour et ta raison, ce n'est pas là l'usage que tu en pourrais faire.

Enfin, l'ermite s'appliqua à lui faire ressortir tout ce que sa conduite avait de blâmable, puis il s'appliqua ensuite à relever le courage du jeune homme, et il y réussit sans trop de difficulté:

— N'es-tu pas heureux? lui dit-il, ta Juliette est vivante; Tibald a voulu te tuer et c'est toi qui l'as tué; au lieu d'être condamné à mort, tu ne l'as été qu'à l'exil; le bonheur se répand à flots sur toi, la fortune te prodigue ses caresses, et toi, jeune écervelé, tu foules sous tes pieds ta fortune et ton amour. Ah! prends garde! car ceux qui agissent ainsi finissent souvent misérablement. Allons! du courage! il est convenu que tu iras rejoindre ton épouse, pars donc; monte chez elle et console la; mais surtout n'oublie pas qu'il te faut la quitter avant l'heure à laquelle les postes se mettent sous les armes et partir.

Il fut convenu entre Roméo et le bon ermite que le jeune homme irait se fixer à Mantoue en attendant que l'ermite pût trouver une occasion favorable pour rendre public le mariage de Juliette avec l'exilé. Le père Laurent promit à son protégé d'apporter la plus grande célérité et le plus grand dévouement dans cette entreprise, s'engagea autant qu'il le pouvait à obtenir du prince la grâce du condamné et à le réconcilier avec ses amis. Il lui fit enfin pressentir le moment peu éloigné où il rentrerait dans Vérone, avec plus de transports de joie qu'il ne poussait de gémissements en quittant cette ville. D'un autre côté, il parla à la gouvernante, et lui dit de courir au plus vite chez Juliette, pour la prévenir que Roméo allait bientôt arriver, et pour l'engager à faire rentrer ses gens au plus tôt, sous le prétexte que le chagrin et la fatigue, leur rendaient le repos nécessaire.

La gouvernante admira la sagesse de l'ermite et les conseils qu'il lui donnait, et, après avoir prévenu Roméo qu'elle allait se hâter d'annoncer son arrivée à Juliette, elle s'éloigna d'un pas rapide, après avoir remis au jeune homme l'anneau que Juliette lui envoyait :

— Dites à ma chère amie, cria-t-il à la gouvernante qui était déjà loin, qu'elle se prépare à me faire bien des reproches.

— Hâtez-vous, lui répondit-elle, car la nuit est bien avancée.

Resté seul avec l'ermite, Roméo lui exprima le plaisir qu'il éprouvait d'avoir reçu un anneau de Juliette, et combien ce gage d'amour ranimait son courage. Puis l'ermite le pressa de partir après lui avoir conseillé de nouveau de quitter Vérone le lendemain de bonne heure et de fuir sous un déguisement. Il lui promit qu'un homme de confiance aurait pour mission d'aller de temps en temps à Mantoue, pour l'instruire de la marche que prendraient les événements, puis il serra affectueusement la main de l'exilé.

— Ah ! dit Roméo à l'ermite, en prenant congé

de lui, si je n'éprouvais tant de bonheur à voler auprès de ma compagne, je ne vous quitterais qu'avec bien du chagrin.

Puis il s'éloigna, et, pressant le pas, il gagna la porte de la ville.

Pendant que Roméo était chez l'ermite, Capulet, sa femme et Paris étaient réunis dans leur palais, et, malgré la mort de Tibald, leur parent, la conversation avait pour objet le mariage de Juliette avec Paris, qui venait demander la réponse du vieux Capulet. Celui-ci, fatigué par les émotions de la journée, avait hâte d'aller prendre du repos; néamoins, avant de prendre congé du seigneur Paris, il lui répondit hardiment de l'amour de sa fille et il ordonna même à sa femme de prévenir Juliette qu'elle serait mariée le jeudi suivant, et qu'elle eût à se tenir prête pour ce jour : le vieux Capulet, comme on le voit, avait hâte d'en finir. Cependant, la mère de Juliette, pensant que sa fille dormait, ne jugea pas à propos de voir Juliette dès le soir même; l'heure étant trop avancée, elle alla se reposer, pendant que son mari, de son côté, regagnait son appartement et que le seigneur Paris, ne se sentant pas d'aise, se dirigeait vers sa demeure.

Le lendemain, Juliette qui avait passé dans les bras de Roméo une nuit de plaisirs, terminée par les larmes de la séparation, venait de se jeter dans un fauteuil pour se remettre de tant d'émotions, lorsqu'elle entendit frapper à sa porte. L'heure matinale à laquelle on venait chez elle l'étonna, et, quand elle sut que c'était sa mère qui demandait à entrer, elle en fut toute surprise et se demanda quel pouvait bien être le motif d'une visite à pareille heure. Lorsqu'elle fut entrée, la mère de Juliette, remarquant la fatigue de sa fille et le chagrin qu'exprimaient ses yeux encore rougis par les larmes, attribua ce désespoir à la mort de Tibald, Juliette se garda bien de l'en dissuader et sa mère voulut la consoler.

— Vos larmes, lui dit-elle, ne feront pas sortir du tombeau votre cousin Tibald, ne pleurez donc plus; si une douleur modérée est un signe de tendresse, une douleur excessive est l'indice d'un manque de raison.

— Laissez-moi pleurer ce cher Tibald, répondit la rusée Juliette, je ne puis m'en empêcher, sa perte m'est trop sensible.

— Ah! je vois bien, ma fille, que ce qui vous fait aussi de la peine, c'est que celui qui a tué Tibald est encore vivant, cet infâme Roméo..... mais soyez tranquille, ma fille, nous nous vengerons.

La mère de Juliette dit qu'un ami se chargerait de découvrir le lieu de la retraite de Roméo et de l'empoisonner. Juliette n'était rien moins que rassurée par cette menace, elle ne perdit pas cependant son sang-froid et dit à sa mère qu'elle se chargerait elle-même du poison qui devait tuer Roméo, et que son plus grand regret était de ne pouvoir le lui administrer elle-même. Puis, sa mère y ayant consenti, la conversation tomba sur un autre sujet.

— Ma fille, dit l'épouse de Capulet, je viens vous apprendre une excellente nouvelle.

— Ah! tant mieux, j'en ai besoin, répondit Juliette; mais quelle est cette nouvelle?

— Votre père qui ne cherche que votre bonheur et qui veut vous consoler de vos chagrins, vous prépare un jour heureux et prochain; jeudi, un noble et élégant cavalier, le seigneur Paris, vous épousera à l'église Saint-Pierre.

— Paris, répondit Juliette, ne fera pas de moi une femme heureuse, et je suis toute surprise qu'on mette une précipitation telle qu'il me faille épouser un homme qui ne m'a point encore fait la cour. Dites, je vous prie, à mon père, que je ne suis point encore décidée à me marier. Dans tous les cas, j'épouserais plutôt Roméo que le seigneur Paris, et pourtant vous savez combien Roméo m'est odieux.

La mère de Juliette fut exaspérée par cette réponse, elle ne savait que faire, lorsque, sur ces entrefaites, le vieux Capulet entra chez sa fille ; la gouvernante de Juliette le suivait. Sa femme l'eut bientôt mis au courant de la conversation qu'elle venait d'avoir avec sa fille ; en apprenant son refus, le vieillard entra dans une violente colère :

— Ah ! s'écria-t-il, mademoiselle ne veut pas se marier ! Ah ! elle n'est pas enchantée et fière du digne cavalier que je lui destine pour époux !

— Non, je ne suis pas enchantée, répondit Juliette, je déteste le seigneur Paris ; néanmoins, je vous remercie, mon père, de votre intention.

— Eh bien, ma mignonne, répondit le vieux Capulet, que le refus de sa fille exaspérait, remerciez-moi ou ne me remerciez pas, soyez contente ou ne le soyez pas, je m'en moque. Mais tenez-vous prête pour jeudi prochain, car vous irez ce jour-là, bon gré, mal gré, épouser le seigneur Paris, à l'église Saint-Pierre. Petite effrontée ! votre conduite est vraiment odieuse.

L'épouse de Capulet, de concert avec son mari, accabla Juliette de reproches, la malheureuse épouse de Roméo eut beau se jeter à genoux aux pieds de son père, elle ne parvint pas à le fléchir.

— Vous n'êtes qu'une fille rebelle et insensée ;

lui répéta Capulet; tu iras jeudi à l'église Saint-Pierre, ou ne me regarde jamais en face, plus un mot, ne réplique pas, car les doigts me brûlent d'impatience ! Soyez maudite, malheureuse !

Puis, se tournant vers sa femme, Capulet lui dit :

— Nous nous sommes crus heureux que Dieu nous eût donné cette fille unique, je vois maintenant que c'était encore trop d'elle.

Et comme la gouvernante, émue d'une si grande dureté, blâmait Capulet de maltraiter Juliette de la sorte, la femme de Capulet lui enjoignit de se taire, Capulet lui-même ne lui ménagea pas les invectives.

— Taisez-vous, vieille folle, lui dit-il, cessez de marmotter entre vos dents, allez débiter vos fariboles avec vos commères, et laissez-nous tranquilles.

Cependant la femme de Capulet commençait à s'effrayer de la colère de son mari, elle voulut le calmer et lui fit observer qu'il était trop vif, mais ce fut en vain :

— Oui, je suis furieux, lui répondit son époux, mais cela n'a rien d'étonnant, l'idée de marier cette péronnelle me poursuit sans cesse ; que je joue ou que je travaille, que je sois seul ou en société, je ne pense qu'à cela, et maintenant que je lui ai trouvé pour époux un gentilhomme, parent du prince, un cavalier doué des plus brillantes qualités, en un mot un homme accompli, cette écervelée, toujours plaintive, ne sait que répondre : Je ne veux pas me marier ! Je ne l'aime pas ! Je suis trop jeune ! Eh ! bien, mademoiselle, si vous ne voulez pas vous marier, allez vivre ailleurs, vous ne resterez pas chez moi, réfléchissez à ce que je vous dis, vous savez que je n'ai pas l'habitude de plaisanter. Vous avez jusqu'à jeudi pour aviser ; si vous êtes une fille obéissante, je vous marierai à mon ami, sinon, vous sortirez d'ici, et, errant à l'aventure, vous irez mourir de faim et de misère sur le pavé, car je vous déshériterai, soyez-en certaine.

Capulet sortit, sa femme le suivit bientôt, après avoir dit à sa fille qu'elle eût à réfléchir, mais qu'en attendant, tout était fini entre elles. Restée seule avec sa gouvernante, la pauvre Juliette était bien affligée, vainement elle avait supplié ses parents d'ajourner son mariage à un mois, à une semaine même, ils étaient restés inflexibles.

— Comment détourner ce malheur? demanda-t-elle à sa gouvernante. Donnez-moi des conseils, ayez pitié de mes malheurs, voyons, n'avez-vous pas quelques consolations à m'offrir?

La gouvernante, après avoir semblé réfléchir un instant, répondit à sa maîtresse que Roméo étant banni, il y avait tout à supposer qu'il ne reviendrait jamais la revoir et lui conseilla de l'oublier et d'épouser sans hésiter le seigneur Paris :

— C'est un aimable cavalier, dit-elle, plus beau que Roméo, et je crois que vous serez heureuse avec lui ; et, d'ailleurs votre époux Roméo est mort ou il vaudrait mieux qu'il le fût, car il est exilé et vous ne le posséderez jamais.

— Si tu n'as pas d'autre consolation à m'offrir, lui répondit Juliette, tu pouvais la garder pour toi.

Puis, elle se mit à réfléchir, une idée subite lui était venue, elle sembla consolée tout à coup et feignit de consentir à épouser le seigneur Paris :

— Va trouver ma mère, dit-elle à sa gouvernante, dis-lui que je suis allée à l'ermitage du père Laurent pour confesser ma faute et en demander pardon.

— C'est bien ce que vous avez de mieux à faire, répondit la gouvernante et elle sortit.

Le but de Juliette, en allant chez l'ermite, était de lui demander des conseils, et, dans le cas où il ne pourrait lui fournir les moyens de sortir de la fâcheuse position dans laquelle elle se trouvait, de se donner la mort. Elle se prépara donc à sortir pour aller trouver le père Laurent, le seul ami sincère auquel elle pût se confier, le seul capable de lui donner de bons conseils.

Roméo chez Juliette ; son départ pour l'exil. — Le
    seigneur Paris et Juliette chez l'ermite. — Les
    préparatifs du mariage. — Ruse de Juliette et de
    l'ermite. — La liqueur magique. — Le convoi de
    Juliette.

Cependant Roméo, que nous avons quitté au
moment où il se dirigeait vers la maison de Capulet, était entré chez Juliette au moyen de
l'échelle de corde que celle-ci avait laissé descen-
dre de sa fenêtre jusque sur le sol. Livrés aux
transports de l'amour, les deux époux virent
approcher le jour avec bien de la tristesse, car
il fallait se séparer après cette unique et courte
entrevue ; mais Roméo n'avait pas oublié les
conseils de l'ermite, et, comme il avait entendu
chanter l'alouette, il se prépara à faire ses adieux
à son épouse éplorée :

— Veux-tu donc déjà me quitter ? lui disait-
elle ; le jour n'est pas encore près de venir,
crois-moi, mon Roméo, reste encore.

— Vois, ma bien-aimée, lui répondit l'exilé,
en écartant les rideaux, vois les premiers rayons

du soleil; il me faut maintenant ou partir et vivre, ou rester et mourir.

— Reste encore, disait Juliette.

Roméo, après lui avoir fait observer que, si on le surprenait il serait mis à mort, lui dit que néanmoins il serait content de mourir ainsi si elle le voulait, et qu'il lui était bien plus agréable de rester auprès d'elle que de partir. Puis les deux époux se plongèrent de nouveau dans l'ivresse de leur amour; mais bientôt le jour vint les arracher à leur bonheur et Juliette commença à craindre pour le sort de Roméo :

— Voici le jour, lui dit-elle, pars, oh ! pars, je t'en prie, l'heure s'avance.

A ce moment la gouvernante vint la prévenir d'avoir à se tenir sur ses gardes parce que sa mère allait bientôt venir; il n'y avait plus à hé- siter : les deux époux confondirent leurs âmes dans un dernier baiser. Roméo promit à Juliette de lui faire parvenir souvent de ses nouvelles, puis il descendit par l'échelle de corde après qu'ils se furent fait les adieux les plus tristes et les plus touchants. Il était temps, à peine Roméo avait-il gagné la rue que la mère de Juliette en- trait chez sa fille pour lui anoncer son mariage avec le seigneur Paris, comme nous l'avons ra- conté précedemment.

Cependant Roméo gagna rapidement la maison d'un Juif qui lui était tout dévoué, et là, moyen- nant une poignée d'or, il fut bientôt pourvu d'un déguisement complet sous lequel il était impos- sible de le reconnaître. Il sortit de chez le Juif, se dirigea vers la maison de Juliette et il eut l'audace de s'y arrêter quelques instants encore, puis il sortit de la ville la mort dans l'âme et gagna Mantoue comme cela était convenu avec l'ermite.

Pendant que Juliette se disposait à venir chez le père Laurent, le seigneur Paris l'y avait devancée. L'épouse de Capulet, sachant que sa fille devait aller à l'ermitage, avait fait dire à son futur gendre qu'il pouvait être avantageux pour lui de mettre l'ermite dans ses intérêts et de l'engager à faire tout ce qu'il pourrait pour que Juliette n'hésitât plus à l'épouser. Paris, sans perdre une minute, était venu trouver le père Laurent, et, en quelques mots, il le mit au courant du motif qui l'amenait auprès de lui, ne sachant pas que le bon père savait mieux que lui à quoi s'en tenir sur ce sujet. L'ermite fit d'abord observer à Paris que l'époque du mariage était trop rapprochée ; il n'épargna pas les blâmes au père de Juliette qui n'hésitait pas à disposer du sort de sa fille sans la consulter ; il désapprouva complétement la façon dont la famille de Juliette et son futur agissaient à son égard. Paris répondit que Capulet était effrayé du chagrin que la mort de Tibald causait à Juliette ; qu'il craignait que ce chagrin ne prît trop d'empire sur elle et que c'était pour y remédier qu'il hâtait le mariage, espérant que la société d'un époux chasserait la tristesse qu'éprouvait la jeune fille. Et, comme Paris demandait à l'ermite s'il comprenait maintenant dans quel but on se hâtait, l'ermite pensa en lui-même qu'il voudrait bien ne pas connaître le motif pour lequel on devrait mettre moins de précipitation.

Sur ces entrefaites, Juliette arriva chez l'ermite, Paris courut au-devant d'elle avec un empressement qui contrastait singulièrement avec la froideur de la jeune femme.

— Soyez la bienvenue, lui dit-il en l'abordant, ma bien-aimée, mon épouse adorée.

7

— Seigneur, répondit Juliette, je ne suis pas encore votre épouse.

— Cela ne tardera pas, reprit Paris, vous serez mon épouse jeudi prochain.

— Ce qui doit être sera, répondit Juliette.

L'ermite partageait cette opinion, et, comme le seigneur Paris demandait à Juliette si elle venait pour se confesser à l'ermite et si elle lui avouerait qu'elle l'aimait, lui Paris, Juliette lui répondit :

— Si je dois faire un tel aveu, il aura bien plus de prix fait en secret, que si je le faisais devant vous.

Puis le seigneur Paris s'apitoya sur le chagrin qu'elle éprouvait et sur les pleurs qu'elle avait versés ; mais Juliette, à toutes ces paroles, ne répondait qu'avec indifférence et voulant terminer une conversation qui lui était désagréable et trouver un prétexte pour éloigner Paris, elle demanda à l'ermite s'il avait le temps de la confesser sur l'heure ou si elle devait revenir dans la soirée. Le père Laurent lui dit qu'il était tout à sa disposition pour l'instant même, puis il pria le seigneur Paris de les laisser seuls. Celui-ci ne fit aucune difficulté, il demanda à Juliette la permission de l'embrasser, et, comme elle était pressée de le voir partir, elle lui tendit son front qu'il effleura de ses lèvres, puis il s'éloigna après lui avoir donné rendez-vous pour le jeudi suivant. L'ermite alla le reconduire jusqu'à la porte qu'il ferma avec soin quand il fut sorti, puis il revint vers Juliette :

— Venez pleurer avec moi, lui dit-elle, j'ai perdu tout espoir, je n'ai plus personne pour me secourir.

— Je sais tout, répondit le père Laurent, et

vos chagrins sont les miens, on veut vous marier jeudi prochain au seigneur Paris.

— Indiquez-moi le moyen d'éviter ce malheur, dit Juliette; si votre sagesse ne peut me donner aucun conseil efficace, alors je mettrai fin à mes jours. Je suis l'épouse de Roméo, et il ne faut pas que ma main, scellée par vous à la sienne, puisse être touchée par celle du seigneur Paris. Réfléchissez donc, bon ermite, tâchez de me trouver un moyen de sortir de cette impasse, sinon je suis décidée à mourir.

L'ermite réfléchit longtemps et Juliette, en proie à l'angoisse, observait le vieillard et cherchait à lire sur son visage les pensées qui agitaient son âme. Bientôt l'ermite rompit le silence, ses yeux lancèrent un éclair de satisfaction, il avait trouvé un expédient, et, comme Juliette le pressait de parler :

— Ma fille, dit-il, j'ai un peu d'espoir, mais il faut avoir recours à un moyen désespéré. Puisque vous auriez le courage de vous tuer plutôt que d'épouser le seigneur Paris, vous aurez bien la force d'avoir recours à un expédient qui ressemble à la mort.

— Oh ! oui, répondit Juliette, j'aimerais mieux me précipiter du haut des remparts de Vérone que d'épouser le seigneur Paris; j'aimerais mieux vivre au milieu des tigres et des lions, j'aimerais mieux encore passer mes nuits dans un cimetière, entourée des squelettes et des crânes décharnés des morts, j'aimerais mieux être enterrée vivante. Vénérable ermite, maintenant je braverai les horreurs dont le nom seul me faisait frissonner naguère pour rester l'épouse fidèle de mon cher Roméo.

— Eh bien, répondit l'ermite, écoutez-moi,

Juliette : retournez chez votre père, ayez l'air heureux et consentez à épouser le seigneur Paris. C'est demain mercredi : dans la soirée, vous vous arrangerez de manière à être seule dans votre chambre et vous congédierez votre gouvernante. Quand vous serez couchée, vous avalerez jusqu'à la dernière goutte le contenu d'une fiole que je vais vous donner tout à l'heure. Aussitôt que vous aurez bu cette liqueur, vous sentirez le froid envahir tout votre être, votre pouls cessera de battre, et, comme vous serez glacée, que votre respiration sera suspendue, comme vos lèvres et vos joues seront pâles et décolorées, on vous croira morte. Vos paupières seront fermées, tout votre corps sera roide et froid comme dans la mort et vous resterez dans cet état de mort apparente, pendant quarante-deux heures, au bout desquelles vous vous réveillerez avec autant de calme que si vous sortiez d'un sommeil paisible. Lorsque, jeudi matin, le seigneur Paris viendra dès l'aube pour hâter votre lever, il vous trouvera morte dans votre lit. Alors, comme c'est l'usage, on vous parera de vos plus beaux atours, on vous déposera dans un cercueil et on vous portera pour vous inhumer au tombeau de votre famille, sous cette vieille voûte souterraine où reposent tous vos ancêtres. Pendant ce temps-là, je ferai prévenir Roméo et il arrivera immédiatement à Vérone ; il viendra me prendre ici et tous les deux nous irons attendre auprès de votre tombeau le moment de votre réveil. Comme cela aura lieu pendant la nuit, votre époux profitera de l'obscurité pour vous emmener avec lui à Mantoue et vous échapperez ainsi au malheur qui vous menace ; de plus, vous serez réunie à votre cher Roméo et vous goûterez désormais un bonheur que rien ne pourra plus altérer. Cependant, Juliette, avant d'oser une telle entreprise, réfléchissez, en aurez-vous le courage ?

— J'oserai tout, mon père, repartit Juliette au comble de la joie, donnez-moi bien vite cette fiole.

L'ermite alla chercher un petit flacon de forme bizarre dans lequel une liqueur verte jetait des reflets d'émeraude ; il le remit à Juliette, lui recommanda du courage et lui fit ses souhaits de bonheur ; puis il lui dit que, sans perdre une minute il allait envoyer à Mantoue un de ses amis, un autre ermite du nom de Jean, pour prévenir Roméo. Juliette remercia le vieillard avec reconnaissance, elle lui fit ses adieux puis elle partit et se dirigea vers la maison de son père ; elle volait plutôt qu'elle ne marchait, tant sa joie était grande.

Quand Juliette entra chez elle, sa physionomie n'était plus la même, la tristesse peinte sur son visage avait fait place à une gaieté expansive ; ses yeux naguère ternis par les larmes, brillaient maintenant de tout l'éclat du bonheur. Le vieux Capulet s'occupait des invitations à faire pour le lendemain, déjà il avait demandé à la gouvernante si Juliette était allée chez le père Laurent et, quand il avait su qu'elle s'y était rendue, il s'était pris à espérer que cette entrevue amènerait chez sa fille un heureux changement, et qu'elle consentirait à épouser le seigneur Paris. Quand Juliette entra, le veillard remarqua avec bonheur les changements qui s'étaient opérés dans l'esprit de sa fille :

— D'où venez-vous ? petite entêtée, lui demanda-t-il d'un ton plaisant qui contrastait singulièrement avec la façon impérative dont il lui parlait naguère.

7.

Juliette se prosterna à ses genoux :

— J'ai appris, dit-elle, à me repentir de ma désobéissance à mon père et à ses ordres; l'ermite Laurent m'a engagée à vous demander pardon, mon père, et désormais votre volonté sera la mienne.

Capulet lui pardonna aisément, comme on le pense, et aussitôt il envoya dire à Paris que Juliette consentait à l'épouser, et que la cérémonie du mariage aurait lieu dès le lendemain. Puis Juliette lui raconta comment elle avait rencontré le seigneur Paris chez l'ermite, et lui dit qu'elle avait permis à son fiancé de l'embrasser.

— Très-bien, répondit Capulet, tout marche à merveille, et c'est bien ainsi que les choses doivent se passer. En vérité, je ne saurais avoir trop de reconnaissance envers le bon ermite Laurent.

Pendant que Capulet, désireux d'avoir une entrevue avec le seigneur Paris, l'envoyait chercher par un domestique, sa femme lui faisait remarquer qu'on n'aurait jamais le temps de tout disposer pour les noces dans un si bref délai. Mais Capulet, avec son entêtement habituel, ne voulut point entendre raison, il dit qu'il ne se coucherait pas s'il le fallait, mais qu'il s'arrangerait de façon à ce que tout fût prêt pour le lendemain, puis, voyant que Paris n'arrivait pas, il sortit, disant qu'il allait trouver en se promenant son futur gendre.

Cependant Juliette avait emmené sa gouvernante dans sa chambre sous le prétexte de l'aider à assortir sa parure de mariage, tout était préparé déjà, et elle se disposait à la congédier, quand sa mère entra, lui proposant de l'aider dans ses préparatifs :

— Merci, ma mère, répondit Juliette, tout est prêt pour demain, et, si vous le voulez bien, ma gouvernante me laissera seule et ira passer la nuit auprès de vous, où elle veillera, car je suis bien convaincue que nos gens seront bien occupés pour préparer une fête improvisée avec tant de hâte.

— Bonne nuit ! ma fille ; couchez-vous et dormez bien, répondit la mère de Juliette, puis elle s'éloigna avec la gouvernante laissant Juliette seule.

Restée seule, Juliette fut quelque temps rêveuse, se demandant quand elle les reverrait. Puis, au moment d'avaler le contenu de la fiole, la peur s'empara d'elle un moment, et les plus étranges idées traversèrent son cerveau. Elle ferma soigneusement la porte pour que personne ne vînt la déranger, et elle fut sur le point de rappeler sa gouvernante, mais elle s'arrêta à temps

— Non, se dit-elle, il faut que je sois seule pour exécuter mon projet. Mais, j'y songe, si cette liqueur n'allait me faire aucun effet, serais-je donc contrainte d'épouser le seigneur Paris ? Oh ! non jamais, je me plongerais plutôt un poignard dans le cœur ! Et si, par hasard, ce breuvage que m'a donné l'ermite était un poison qu'il m'eût fourni adroitement pour mettre fin à mes jours, dans le but d'éviter les inconvénients qui résulteraient pour lui de mon second mariage.... mais, non ! Ce ne peut être du poison, l'ermite est reconnu par tous pour un honnête homme. Mais encore, si, ayant pris cette liqueur et me trouvant déposée dans mon tombeau, j'allais me réveiller avant le moment où Roméo doit venir me délivrer ? Oh ! cela serait affreux !

ne serais-je pas étouffée sous cette voûte sombre
avant que mon bien-aimé ne soit auprès de moi.
L'horrible idée de la mort, les ténèbres, la terreur que m'inspireront ces profondeurs souterraines, où, depuis des siècles, s'entassent les
ossements de mes ancêtres; où repose le corps
encore sanglant de mon parent Tibald, où l'on
dit que les fantômes viennent se rassembler la
nuit, me feront perdre la raison. Oh ! je ne
pourrai jamais rester, trop tôt éveillée, dans ces
tristes lieux au milieu des plaintes et des gémissements que font entendre les spectres.

La jeune fille lutta longtemps contre la frayeur,
elle finit bientôt par la surmonter, et, avec un
sang-froid admirable, elle but sans s'arrêter le breuvage qui devait lui rendre son époux. Elle chan-
cela bientôt, l'engourdissement s'empara de tout
son être, elle n'eut que le temps de se coucher
sur son lit et d'en fermer les rideaux, puis elle
s'endormit. Froide comme le marbre, les joues
et les lèvres décolorées, la poitrine immobile,
Juliette semblait bien morte.

Pendant ce temps-là, Capulet allait et venait
dans son palais stimulant le zèle de ses serviteurs, les gourmandant quand ils apportaient
trop de lenteur dans les préparatifs de la fête, et
les félicitant quand ils déployaient une grande
activité. Vainement la gouvernante voulait qu'il
se couchât, craignant qu'il ne fût malade et que
la fatigue ne l'épuisât, elle s'engageait à veiller
à sa place, et lui promettait que tout serait
prêt.

— Non, disait le vieillard, il m'est arrivé bien
d'autres fois de veiller, et pour des motifs beaucoup moins sérieux, et je ne m'en suis jamais
mal trouvé.

Le jour arriva et bientôt on entendit au dehors
la musique retentir sous les fenêtres du palais
de Capulet : c'était le seigneur Paris qui arrivait
avec tout son cortége de parents, d'amis, d'invités et de serviteurs. Aussitôt Capulet donna
l'ordre à la gouvernante d'aller chercher sa
femme et d'éveiller Juliette :

— L'époux est déjà arrivé, dit-il, hâtez-vous
d'éveiller l'épouse, donnez vos soins à sa parure ;
pendant ce temps-là, je vais causer avec le seigneur Paris ; allez, gouvernante, et ne perdez pas
de temps.

La gouvernante se dirigea vers l'appartement
de Juliette, elle frappa longtemps et appela vainement sa jeune maîtresse :

— Elle dort profondément, j'en suis sûre, se
dit-elle. Si paresseuse et si insouciante dans un
moment aussi solennel !

Cependant Juliette ne répondant pas, la gouvernante alla chercher la clef de l'appartement et
réussit à l'ouvrir, puis, quand elle fut entrée elle
apostropha Juliette en ces termes :

— Mais levez-vous, madame, votre époux est
déjà là, il vous attend ; vous dormiez donc pour
toute la semaine. Ah ! c'est que vous pensez
bien ne pas tant dormir la nuit prochaine.

Puis elle écarta les rideaux de Juliette ; quand
elle vit sa jeune maîtresse étendue sur son lit et
tout habillée, quand, touchant sa main, elle en eut
senti le froid glacial, quand, regardant son visage, elle vit ses lèvres pâles et ses joues livides,
et qu'elle eut appelé Juliette à plusieurs reprises
sans qu'aucun signe de vie se montrât chez
la jeune fille, la gouvernante vit qu'elle était
morte, et qu'il n'y avait plus à en douter. Saisie
d'épouvante, elle appela au secours et bientôt la

mère de Juliette, attirée par cris, se précipita
dans la chambre de sa fille :

— Qu'y a-t-il ? Qu'est-il donc arrivé ? s'écria-
t-elle. Pour toute réponse, la gouvernante lui
montra Juliette étendue sur le lit.

— Oh ! que je suis malheureuse ! s'écria alors
la mère infortunée. Juliette, mon enfant, mon
unique enfant, reviens à la vie, ouvre tes yeux
ou, je le sens, je mourrai avec toi, au secours !
au secours !

Capulet ne voyant pas venir Juliette, s'impa-
tientait de ce retard, il vint dans son appartement pour voir si elle n'était pas bientôt prête :

— Mais c'est honteux, dit-il en entrant,
amenez donc Juliette, le seigneur Paris est arrivé
depuis quelques instants, il l'attend :

La gouvernante prit le vieillard par la main,
l'amena auprès du lit et lui dit :

— Voyez, pauvre père, elle est morte.

Le vieillard resta atterré, l'émotion plus forte
que lui, paralysait ses mouvements et l'empêchait
de parler ; peu à peu, néanmoins, il revint à lui,
il se pencha sur le visage de sa fille pour s'assurer
si réellement elle était morte.

— Hélas ! oui, dit-il, elle est bien morte, et déjà
le froid a gagné tout son corps. Pauvre Juliette !
Ah ! que je suis malheureux ! Quelle fatale journée !
Ma femme, notre fille unique est morte, et je le
sens bien, cette perte nous tuera ; non, rien ne
pourra consoler un malheureux vieillard en face
d'un tel désastre.

Puis il sortit pour aller annoncer cette triste
nouvelle au seigneur Paris ; celui-ci vint au-devant
de lui avec le père Laurent qui, feignant de ne
rien savoir, lui demanda aussitôt qu'il l'eut
aperçu :

— Eh bien! Juliette est-elle prête à venir au temple?

— Ah! répondit le malheureux Capulet, oui, elle est prête à y aller, mais pour n'en jamais revenir. Seigneur Paris, la mort est venue vous enlever votre fiancée la veille de vos noces; elle est étendue sans mouvement sur son lit virginal; ah! c'est trop de malheur.

Puis, le vieillard brisé par la douleur, tomba plutôt qu'il ne s'assit dans un fauteuil qui se trouvait près de lui.

Le seigneur Paris était aussi plongé dans l'affliction la plus profonde, car, si Juliette ne l'aimait pas, il avait pour elle un amour véritable.

— N'avoir qu'un enfant, gémissait la mère de Juliette, n'avoir qu'une fille unique et bien chère, et se la voir ravir ainsi par la mort; Oh! quelle triste destinée que la nôtre! quel irréparable malheur. Hélas! je n'ai plus de fille, et avec elle, toute ma joie est à jamais descendue au tombeau.

Pendant que les parents de Juliette, Paris et la gouvernante se lamentaient, le père Laurent feignait une douleur sincère et pleurait comme s'il n'eût pas su à quoi s'en tenir. Après quelques instants, il prit la parole :

— Calmez votre douleur, dit-il, ayez donc plus d'énergie et de résignation. Le ciel vous a ravi votre enfant, c'est pour elle un grand bonheur Le comble de vos vœux était de voir Juliette dans une situation de fortune brillante, et, maintenant, vous vous désolez en la voyant élevée jusqu'aux cieux. Oh! malgré l'amour que vous avez pour votre fille, vous ne savez pas l'aimer; vous voilà hors de vous-mêmes, alors que vous la savez heureuse! Etes-vous donc des égoïstes et ne l'aimiez-vous que pour le bonheur

qu'elle vous donnait? La femme heureuse n'est
pas celle qui vit longtemps sous le joug du mariage, c'est celle qui meurt jeune épouse. Séchez
donc vos larmes; couvrez de fleurs le corps de la
jeune fille, et vous conformant à nos vieux usages,
faites-la porter au temple parée de ses plus riches
atours et de ses plus brillants joyaux. Dans une
circonstance aussi malheureuse, la raison doit
l'emporter sur la faiblesse.

Le vieux Capulet se leva, et, surmontant la douleur qui l'accablait :

— L'ermite a raison, dit-il, tous les apprêts
que nous avions ordonnés pour la cérémonie
nuptiale vont servir aux pompes funèbres; les
doux accords de la musique vont faire place au
glas lugubre des cloches, la fête des noces ne sera
qu'un triste festin funéraire ; les chants de tristesse vont remplacer les hymmes de l'allégresse,
et ces fleurs qui devaient encadrer le frais visage
de ma fille vont couvrir son tombeau.

L'ermite craignait qu'un si violent chagrin
n'ébranlât le cerveau du pauvre vieillard; il avait
hâte d'ailleurs de faire conduire Juliette au tombeau : aussi, il engagea Capulet et sa femme à se
retirer dans leur appartement et pria le seigneur
Paris de les accompagner pour ne pas les laisser
dans une solitude qui n'aurait eu pour effet que
d'augmenter leur affliction. Ils se retirèrent alors
et l'ermite se chargea des préparatifs des funé-
railles qu'il fit exécuter avec la plus grande
promptitude.

Juliette, vêtue de ses plus beaux ornements,
couverte de fleurs, fût placée dans le cercueil, le
visage découvert, comme c'était alors l'usage.
Toutes les jeunes filles de Vérone, vêtues de longues robes blanches, la tête ceinte d'une couronne

de fleurs d'oranger, vinrent former le cortége auquel vinrent bientôt se joindre les parents de Juliette, ses amis, ses serviteurs et tous ceux qui avaient été conviés à ses noces. Des musiciens couverts de vêtements de deuil ouvraient la marche, d'autres se tenaient en arrière du cortége, des prêtres et des religieux en grand nombre portaient des palmes à la main, le père Laurent était en tête.

Un immense catafalque sur lequel était posé le cercueil de Juliette occupait le milieu du cortége, son visage découvert était d'une pâleur effrayante; mais les traits n'en étaient point altérés, le sommeil léthargique n'avait pu effacer cette beauté qui avait inspiré à Roméo une si ardente passion.

Bientôt le son des cloches se fit entendre et le convoi se mit en marche; des enfants vêtus de blanc portaient des encensoirs, d'autres des corbeilles de fleurs dont ils jonchaient le sol sur le parcours de la maison Capulet jusqu'au temple. La mère de Juliette, Paris et la gouvernante avaient voulu accompagner la défunte jusqu'à sa dernière demeure, leur douleur était inconsolable et ne fit que redoubler, lorsqu'un chœur de jeunes filles fit entendre le chant funèbre que la tradition nous a conservé :

> Éclatez, tristes accents,
> Soupirs, brisez nos cœurs,
> Soulagez notre douleur;
> Que les échos répétent :
> Juliette n'est plus ! Juliette est morte.
> Elle n'est plus, cette belle fleur printannière,
> Dont les fraîches couleurs charmaient notre vue !
> Ces yeux éclatants qui brillaient comme un astre,
> Se sont noyés dans une nuit éternelle.
> Elle n'est plus ! et il ne restera d'elle
> Ni sa beauté, ni son âme si pure.

8

O mort ! comment as-tu pu anéantir
L'espoir d'un amant et le bonheur d'une famille.
Oh ! Juliette, abaisse sur nous tes regards ;
     Vois notre douleur amère ;
Oh ! donne-nous la force de résister à nos maux,
     De supporter ta perte.

Puis, lorsqu'on fut arrivé à l'église, on enleva
le corps de Juliette de dessus le catafalque et le
père Laurent célébra lui-même l'office des morts.
Les prières finies, le cortège se dirigea vers la
sépulture des Capulet, et Juliette fut déposée en
grande pompe dans son tombeau.

VI

Roméo à Mantoue. — Le message de l'ermite. — Roméo chez l'apothicaire. — Le seigneur Paris au tombeau de Juliette.

Roméo était arrivé à Mantoue, sans aucun accident; dans cette ville, il connaissait un grand nombre de jeunes gens; mais, voulant s'abandonner seul à sa douleur et aux regrets qu'il éprouvait de ne plus voir Juliette, il ne fit même pas savoir à ses amis qu'il était au milieu d'eux. Il vivait dans la solitude la plus absolue, passant la plus grande partie de son temps à se promener dans les bois touffus qui avoisinaient le lieu de son exil, pensant sans cesse à sa Juliette et se demandant souvent s'il la reverrait jamais et si l'ermite réussirait dans l'exécution des promesses qu'il lui avait faites à son départ.

Un matin, il s'éveilla avec des idées plus riantes que de coutume, il avait dormi d'un sommeil calme, bercé par des songes dorés qui lui avaient laissé entrevoir des illusions flatteuses : aussi espérait-il pour ce jour-là de joyeuses nouvelles, et, de peur de ne pas se trouver là quand viendrait le messager qu'il attendait, il ne sortit pas une minute. Il était surpris lui-même de se sentir l'esprit rempli d'idées riantes et heureuses.

— Oh, ciel! pensait-il, quelle est donc l'inol,

fable douceur des jouissances réelles de l'amour,
puisque les images seules entrevues dans un songe,
versent tant de joie dans mon cœur?

La journée cependant commençait à s'avancer;
à la joie succédait une inquiétude vague et un
commencement de désillusion, quand on vint
frapper à la porte. Roméo, comme on le pense
bien, se hâta d'aller ouvrir; ses espérances ne
l'avaient pas trompé, celui qui venait de frapper
était un homme de Vérone, envoyé par Benvolio;
mais les nouvelles qu'il apportait, loin de le rendre
heureux, allaient le plonger dans le plus amer
désespoir.

— Soyez le bienvenu, dit-il au messager.

— Je vous apporte des nouvelles de Vérone,
seigneur Roméo.

— Oui, répondit-il, je le sais, vous venez de la
part de l'ermite Laurent?

— Non, seigneur, de la part de votre ami Benvolio.

— Et quelles nouvelles m'apportes-tu? dit Roméo, comment se porte Juliette? comment va
mon père? Ah! si Juliette va bien, tout doit aller
bien.

Le messager resta quelques instants silencieux,
il hésitait à jeter le trouble dans le cœur de Romeo en lui annonçant les nouvelles les plus si-
nistres. alors qu'il s'attendait à en recevoir de très-
favorables. Néanmoins, comme Roméo le pressait
de parler. il fallut bien qu'il s'exécutât :

— Juliette, dit-il, hélas! seigneur Roméo, vous
me demandez comment elle va, alors que son âme
séparée de son corps s'est envolée vers les cieux.
Son corps est maintenant déposé dans le tombeau
des Capulet ses ancêtres. Le seigneur Benvolio
l'a vue, de ses propres yeux vue couchée sous la

voûte souterraine où repose sa famille et il m'a
envoyé sur-le-champ vers vous pour vous faire
part de cette affreuse nouvelle.

Pardonnez-moi de vous apprendre des événements aussi funestes ; n'a-t-il pas été convenu
avec votre ami Benvolio et le père Laurent qu'on
ne vous laisserait rien ignorer ?

Il est impossible de décrire avec exactitude le
terrible coup que cette nouvelle porta dans le
cœur du pauvre Roméo. Pendant quelques ins-
stants, il resta atterré, la douleur l'avait rendu
muet ; à cet abattement de quelques instants suc-
cédèrent les explosions de la colère, presque de la
folie ; le malheureux époux de Juliette alla jusqu'à
défier le ciel, ne pensant pas qu'il pût lui arriver
d'infortune plus grande que celle qui l'accablait ;
enfin, le calme finit par reprendre le dessus, et il
ordonna au messager de faire préparer une voi-
ture et des chevaux, il voulait voir Juliette morte
puisqu'il ne l'avait plus vivante, et son dessein
était de se donner la mort sur le tombeau même
de son épouse.

Cependant le messager hésitait à sortir, ne voulant pas le laisser seul dans un pareil moment, de
crainte qu'il n'attentât à ses jours :

— Excusez-moi, seigneur, lui dit-il ; mais je
n'ose vous laisser seul en ce moment, vos
yeux lancent des éclairs de fureur et semblent
annoncer que vous méditez quelque affreux dessein.

— Tu te trompes, dit Roméo, je veux partir ce
soir, va où je t'envoie et fais ce que je te com-
mande. Ne m'as-tu pas dit que tu n'avais pas de
lettres de l'ermite à me remettre ?

— Je n'en ai pas, répondit le messager.

— Allons, va, reprit Roméo, amène-moi

8.

promptement des chevaux, et, dans quelques minutes, je te rejoindrai.

Le messager sortit et Roméo, la tête cachée
dans ses mains, s'abîma dans sa tristesse et pleura
sa chère Juliette; il voulait, dès la nuit prochaine,
reposer auprès d'elle et il en cherchait les moyens,
il ne les trouva que beaucoup trop tôt.

Auprès de la maison qu'il habitait, se trouvait
l'officine d'un vieil apothicaire nommé Hémon.
C'était un vieillard sordide, vêtu d'une longue
robe de chambre toute en lambeaux, il avait un
visage pâle, hâve et amaigri par les privations;
ses petits yeux ternes et renfoncés se cachaient
sous d'épais sourcils; son extérieur et tout ce
qui l'entourait dénonçaient une misère profonde.

On voyait que cet homme à la longue barbe
grise devait connaître les angoisses de la faim.
Du plafond de la boutique mal achalandée et peu
pourvue, pendait un carapace de tortue de mer,
un crocodile et deux serpents empaillés, un squelette de singe et d'autres animaux que le temps
avait rendus informes. Sur ses tablettes étaient
rangés de nombreux tiroirs étiquetés, mais vides
pour la plupart, des poteries de terre grossière,
des herbes desséchées et couvertes de poussière,
des vessies, des paquets de ficelle malpropre, et
quelques flacons de parfums, souillés par les mou-
ches, servaient de montre. Roméo avait en passant remarqué cette triste boutique, il pensa aussitôt, en se rappelant la profonde misère du vieil
apothicaire, que, si un homme avait besoin de
poison, bien que la vente en fût punie à Mantoue,
ce malheureux ne refuserait pas d'en vendre. Il
descendit aussitôt et se dirigea vers l'officine; la
porte en était ouverte; mais tout d'abord il n'a-
perçut pas le vieillard qui, caché derrière son

comptoir, triturait dans un mortier quelque sub-
stance fétide dont l'horrible odeur empestait l'atmosphère. Roméo frappa sur le comptoir avec le
pommeau de son épée en appelant l'apothicaire.

— Qui m'appelle? répondit d'une voix cassée
le pauvre vieillard qui s'était levé comme mû par
un ressort, tant il lui semblait singulier de voir
chez lui un client aussi élégant.

— Approche, lui dit Roméo. Je vois bien que
tu es pauvre, aussi je te donne ces quarante du-
cats d'or si tu veux me fournir en échange une
bonne dose de poison ; mais je veux un poison
sûr, violent, dont l'effet soit instantané, qui agisse
avec une telle efficacité que l'homme dégoûté de
l'existence qui l'aura absorbé tombe mort comme
s'il était foudroyé. Allons, hâte-toi, je suis pressé.

— Seigneur, répondit l'apothicaire, j'ai bien
un poison comme celui que vous me demandez ;
mais les lois de Mantoue me défendent d'en vendre sous peine de mort.

— Bah! reprit Roméo, qu'importe? Tu man-
ques de tout, tu es dans la plus profonde misère
et tu as peur de mourir? Tes joues attestent que
tu meurs de faim ; tes yeux hagards expriment la
souffrance et le besoin, tu es pauvre et par conséquent méprisé. La société et les lois te sont
hostiles, les lois qu'elle a faites ne serviront pas
à t'enrichir, brave-les donc, et, pour échapper à
la misère, prends cet or.

Ces paroles que Roméo prononçait parce qu'il
était en proie à une sorte de folie, l'auraient fait
rougir dans toute autre circonstance. Néanmoins
elles eurent pour effet de convaincre l'apothicaire,
ce qui n'était pas bien difficile :

— Ce n'est pas moi qui accepte, dit-il, c'est
ma pauvreté! Puis il sortit de l'officine et gagna

le fond de la boutique où étaient déposés les poisons.

— C'est ta pauvreté que je paye et non toi, lui dit Roméo quand il reparut.

Le vieillard tenait à la main un flacon d'une poudre blanche qu'il remit à Roméo :

— Mettez, lui dit-il, cette poudre dans un verre d'eau, buvez, et, fussiez-vous plus fort que vingt hommes ensemble, vous tomberez foudroyé.

— Tiens, voilà ton or, lui dit Roméo ; cet or est un poison bien autrement funeste pour les hommes, il leur fait commettre bien plus de crimes en ce bas monde que toutes les méchantes drogues que tu n'as pas le droit de vendre. Je t'ai plutôt vendu du poison que tu ne m'en as vendu toi-même. Adieu, vieux, achète-toi de quoi manger et remets un peu de chair sur ton squelette.

Roméo sortit et ramassa soigneusement la poudre avec laquelle il espérait bientôt s'empoisonner sur le tombeau de sa femme.

Cependant le père Laurent avait, lui aussi, envoyé à Roméo un messager pour le mettre au courant de ce qui s'était passé et du succès de la ruse à laquelle il avait eu recours, mais par des circonstances que nous allons faire connaître, ce messager ne put partir et on va voir quelles déplorables suites devait avoir ce fatal contre-temps.

A l'heure où Roméo achetait le poison chez l'apothicaire, le frère Jean que l'ermite avait chargé de se rendre auprès de l'époux de Juliette arrivait à l'ermitage ; en le voyant, le père Laurent croyait qu'il était déjà revenu de Mantoue :

— Soyez le bien venu, frère Jean, vous voilà déjà revenu de Mantoue! lui dit-il. Quelles nouvelles m'apportez-vous de Roméo? Vous a-t-il chargé d'une lettre pour moi?

— Vous vous trompez, vénérable ermite, répondit le frère Jean, je ne suis pas allé à Mantoue et je vais vous expliquer les raisons qui m'ont empêché de partir. Au moment du départ, je cherchai partout un religieux de notre ordre, le révérend père Schaëffer, pour qu'il m'accompagnât dans mon voyage; je le trouvai dans une maison de Vérone où il était occupé à donner ses soins à des pestiférés; il se disposa à venir avec moi, mais le gouverneur de la ville, ayant appris que nous étions tous les deux dans un foyer de contagion, fit surveiller les portes de la maison par des gardes et nous n'avons pu sortir qu'à l'instant même.

— Eh! bien, dit avec inquiétude le père Laurent, et ma lettre? Qui l'a portée à Roméo?

— Personne, répondit le frère Jean, je l'ai encore sur moi, la voici, il m'a été impossible de la lui faire parvenir, et je suis même venu exprès pour vous la rapporter, personne ne voulant s'en charger dans la crainte de gagner la peste, ils n'osaient même pas s'approcher de moi.

En apprenant que sa lettre n'était pas parvenue à Roméo, l'ermite fut profondément contrarié; en un clin d'œil il vit s'évanouir devant lui tout l'échafaudage de ses projets qui jusqu'alors avaient si bien réussi, et malheureusement, il était trop tard pour envoyer à Roméo un second message, l'heure du réveil de Juliette approchait. Qu'allait-elle devenir en se réveillant au milieu d'un silence sépulcral, si elle n'apercevait auprès d'elle son Roméo, si elle n'entendait quelque voix amie chargée de la rassurer?

— Quel funeste contre-temps! s'écria l'ermite, cette lettre contenait un message de la plus haute importance, et ce retard peut entraîner les plus grands malheurs.

Puis il se mit à réfléchir aux moyens de sortir de cette position difficile et il n'en vit pas d'autre que de se rendre au tombeau de Juliette, d'en forcer la porte et d'éveiller la jeune femme, puis de la rassurer.

— Frère Jean, dit-il, allez me chercher un levier en fer et apportez-le moi ici au plus vite. Tâchez de vous acquitter de cette mission avec plus de tact et d'habileté que vous ne l'avez fait pour le message.

Le frère Jean sortit et promit de revenir bientôt; pendant son absence, l'ermite pensait qu'il était temps pour lui de se rendre sous la voûte sépulcrale. Il craignait que Juliette ne le chargeât de malédictions en apprenant que Roméo n'avait pas connaissance des faits qui venaient de se passer. Mais il avait déjà formé un nouveau plan; il se proposait de réveiller la belle Juliette au plus tôt, de lui donner asile dans son ermitage et de faire prévenir Roméo en lui envoyant un nouveau message. De la sorte, tout pouvait encore se réparer, du moins le bon ermite le croyait, et d'ailleurs, il ne pouvait laisser là pauvre Juliette enfermée toute vivante dans le tombeau des morts.

Le frère Jean rentra, portant le levier de fer que lui avait demandé l'ermite; celui-ci écrivit alors une longue lettre dans laquelle il instruisait Roméo de tout ce qui s'était passé, puis il la remit au frère Jean en lui disant :

— Allez porter sans perdre une minute cette lettre à Mantoue; ne reculez devant aucun sacrifice pour y arriver promptement, et ne reparaissez pas devant moi si vous ne vous acquittez pas de cette mission tout à votre honneur, ce serait la fin de notre vieille amitié. Courez donc, frère Jean, et bon voyage,

Bien que la nuit fût arrivée et qu'il fît un temps
affreux, le frère Jean ne se le fit pas dire deux
fois, il sortit de l'ermitage, se pourvut d'un excellent cheval, et une demi heure après il galopait
à bride abattue sur la route de Mantoue.

Pendant ce temps-là, l'ermite muni de son
levier de fer, d'une lanterne et d'une bêche, entrait
dans Vérone, et se dirigeait vers la nécropole
où reposait Juliette au milieu des ossements de
sa famille.

Le tombeau des Capulet était placé dans une
église souterraine à laquelle un escalier tournant
en pierre de taille, donnait accès par plus de
quatre cents marches; on se trouvait alors au
milieu d'un immense cimetière sur lequel planait
un silence lugubre et l'obscurité la plus complète.
En se trouvant au milieu de cette atmosphère
glaciale, on se sentait comme enveloppé d'un
lourd manteau de plomb. Des tombeaux rangés
avec symétrie et en grand nombre indiquaient
que plusieurs générations d'hommes reposaient
dans ce lieu. Un grand nombre de ces sépultures
dégradées par le temps étaient entr'ouvertes, et
des ossements s'en étaient échappés et jonchaient
le sol; le cri des hiboux et des chouettes répété
par les échos de cette immense voûte augmen-
tait l'horreur de ce lieu. Au milieu des autres
tombes, et les dominant toutes par son aspect
imposant et ses dimensions colossales, s'élevait
le mausolée de la famille Capulet; des larmes en
argent, des croix sculptées, des ossements entre-
croisés et les autres attributs de la mort l'ornaient
de toutes parts. Une grille en fer en défendait
l'accès, et, sur le socle d'une des statues qui l'entouraient, brûlait tristement une petite lampe fu-
meuse qui projetait ses pâles reflets sur les tombes

environnantes, sur les têtes de mort et sur les ossements épars tout à l'entour. Depuis plus d'un siècle, cette lampe était entretenue par les soins de la famille Capulet.

Pendant que l'ermite Laurent se dirigeait vers ce triste séjour de la mort, un homme aux allures mystérieuses descendait les degrés du grand escalier de pierre, il était accompagné d'un jeune page portant une torche et une grande corbeille de fleurs. Quant il fut parvenu dans l'immense souterrain, il prit des mains du page le flambeau qu'il portait et lui donna l'ordre de se tenir à l'écart à une courte distance de l'entrée, de s'y cacher derrière une tombe qu'il lui désigna, puis il lui dit :

— Sache bien que je ne veux pas être vu : tu appliqueras ton oreille contre la terre et personne n'entrera ici sans que tu entendes le bruit de ses pas. Si quelqu'un approche, donne un coup de sifflet pour m'avertir ; maintenant, donne-moi la corbeille de fleurs et fais ce que je t'ai dit.

Le petit page, tout tremblant de rester seul ainsi dans le coin de ce vaste cimetière, fut se cacher derrière la tombe comme son maître l'avait indiqué, et bientôt on n'entendit plus que le bruit des pas de l'homme qui s'éloignait, faisant retentir les échos souterrains, et le cri des hiboux et des chouettes qui voltigeaient autour de lui, attirés par l'éclat de sa torche.

Le seigneur Paris, car c'était lui, gagna l'allée qui conduisait au tombeau de Juliette, et, quand il fut arrivé à la porte du mausolée, il prit dans la corbeille une poignée de roses qu'il sema autour de l'entrée :

— Belle Juliette, disait-il, toi qui partages le séjour des anges, daigne accepter de moi ce suprême hommage. Vivante, je t'honorais et je t'aimais ; morte, je viens te rendre les derniers devoirs et je me prosterne devant ton tombeau.

Il allait se jeter à genoux quand un coup de sifflet, longtemps repercuté par les échos du cimetière, vint l'avertir qu'il n'était pas seul sous ces voûtes souterraines :

— Mon page m'avertit que quelqu'un vient, pensa-t-il ; mais il se sera trompé, la peur lui aura fait croire qu'il a entendu le bruit des pas, car qui oserait errer ici pendant la nuit? Qui oserait me troubler dans les derniers devoirs que je rends à l'amour. Mais Paris aperçut dans le lointain une lumière vacillante ; dès lors, il ne lui fut plus permis de douter, il résolut aussitôt d'éteindre sa torche pour ne pas attirer l'attention de son côté ; puis, s'abritant derrière une tombe à quelques pas de là, la main sur la garde de son épée, il observa et attendit.

CONCLUSION

Arrivée de Roméo. — Un drame au tombeau de Juliette. — Mort de Paris et de Roméo. — La résurrection de Juliette ; l'ermite Laurent. — Juliette se suicide pour ne pas survivre à son époux. — Montaigu et Capulet réconciliés.

Nous avons laissé Roméo au moment où il venait d'acheter du poison ; quelques instants après, monté sur un excellent cheval il se dirigeait sur Vérone aussi rapidement que le frère Jean qui marchait en sens contraire. Ils se rencontrèrent vers le milieu de la route, et la fatalité voulut qu'à ce moment, la lune se cachant der-

rière les nuages, l'obscurité fut telle, qu'ils ne se
reconnûrent pas et passèrent l'un près de l'autre
sans s'adresser la parole. Parvenu aux premières
maisons de Vérone, Roméo y laissa son cheval
qui, d'ailleurs, n'en pouvait plus de fatigue, se
pourvut d'une torche et se dirigea vers la ville,
emmenant avec lui un artisan dont il s'assura la
discrétion au moyen d'une bourse garnie de pièces
d'or, pour se faire ouvrir la grille du tombeau de
Juliette.

A ce moment des éclairs sillonnaient les nues,
on n'entendait que le bruit du tonnerre, la pluie
tombait à torrents et les habitants de Vérone
dormaient du plus profond sommeil. Les rues
de la vieille cité étaient complètement désertes,
aussi Roméo put s'avancer sans crainte d'être
reconnu.

Quand il arriva au cimetière, il y avait quelques instants à peine que le seigneur Paris s'y
était introduit. Roméo et l'artisan s'engagèrent
dans le sombre escalier, l'époux de Juliette était
armé de son épée, et, pour plus de précaution, il
portait un poignard à sa ceinture. Quand il fut
parvenu dans le souterrain, il réfléchit qu'il valait
mieux être seul, et il songea dès lors à congédier
l'artisan :

— Donne-moi tes outils, lui dit-il, je saurai
bien m'en servir moi-même ; voici une lettre
que, dès demain, tu remettras à mon père.
Maintenant écoute-moi et sache que, si tu me
désobéis, je te punirai de mort: tu vas t'en
aller à l'écart, et, quoi que tu puisses voir et
entendre, je t'enjoins de ne pas venir me déranger. Je suis venu ici parmi les morts pour contempler une dernière fois les traits chéris de ma
bien-aimée; je veux retirer de ses doigts deux

anneaux que je conserverai en souvenir d'elle. Ainsi donc, éloigne-toi, va-t'en ! Et si, piqué par l'indiscrétion, tu te hasardes à venir épier ce que je vais faire, je te jure que je te déchire par morceaux dans ce cimetière même ; l'heure et le lieu sont propices pour exécuter ma menace, ainsi donc, prends garde à toi ?

— Seigneur, je vais me retirer et ne vous troublerai pas, répondit l'artisan effrayé.

— Ce sera la meilleure manière de me prouver ton attachement, reprit Roméo, va et sois heureux.

Cependant, l'artisan qui avait remarqué l'air agité de Roméo ne s'éloignait qu'avec regret ; les regards du jeune homme l'épouvantaient et il redoutait ses desseins ; aussi, au lieu de sortir il se dissimula dans un endroit écarté, mais assez rapproché toutefois de l'escalier pour pouvoir se sauver dans le cas où il aurait à craindre quelque accident.

Le signal que le page du seigneur Paris avait donné à son maître annonçait que quelqu'un descendait l'escalier ; les pas qu'il avait entendus étaient ceux de Roméo et de l'artisan.

Lorsque l'époux de Juliette eût congédié son compagnon, muni des instruments dont il s'était pourvu pour ouvrir la grille, il se dirigea à travers les tombeaux vers le monument des Capulet.

— Gouffre de la mort, s'écria-t-il quand il y fut arrivé, toi qui as englouti ce qui sur la terre m'était le plus précieux, si tu n'es pas assouvi, je vais te donner encore en pâture une nouvelle proie.

Et furieux, saisissant l'énorme levier de fer qu'il avait apporté, le malheureux Roméo, fou de douleur, se mit à frapper contre la porte qui résista à tous les chocs. Jamais fracas plus épouvantable n'éveilla les échos du souterrain. L'artisan et le page, blottis chacun dans son coin, tremblaient de tous leurs membres. Quant au seigneur Paris, voyant qu'on allait violer la sépulture de Juliette, il s'approcha et son étonnement fut sans bornes quand il reconnut Roméo, il se dirigea aussitôt sur lui :

— Comment, c'est Montaigu, dit-il, c'est cet exilé, l'assassin de mon cousin qui a été la cause indirecte de la mort de Juliette tuée par le chagrin que lui a causé le meurtre de Tibald. Comment, cet homme ose encore venir ici insulter aux restes de Juliette! Arrête, vil Montaigu, que ta vengeance respecte au moins la mort! Lâche exilé, je t'arrête, obéis et suis-moi ou tu vas mourir.

Roméo se retourna et regardant en face le seigneur Paris, il lui répondit :

— Mourir, mais je sais bien qu'il le faut et c'est pour cela que je suis ici. Mais vous, que me voulez-vous! Ah! croyez-moi, n'exaspérez pas un homme déjà à bout de patience. Je vous en conjure, ne m'irritez pas, de peur que je ne me charge d'un crime de plus. Partez, je suis venu ici pour me tuer, ne me forcez pas à vous tuer vous-même.

— Je t'arrête, répliqua Paris.

Roméo était à bout de patience, aussi mettant l'épée à la main, il se mit en garde :

— Tu veux me provoquer, dit-il, eh bien! songe à te défendre.

Quelques secondes après, le corps de Paris tombait lourdement sur le sol; blessé mortellement, il n'eût que le temps de dire à Roméo :

— S'il est encore une place dans ton cœur pour les sentiments généreux, Roméo, ouvre le tombeau de Juliette et dépose mon corps auprès du sien.

Le page du seigneur Pâris, qui avait tout vu de sa cachette sans approcher, se décida à aller prévenir les gardes de la ville. Quant à Roméo, ayant appris par l'artisan que Juliette avait été sur le point d'épouser le seigneur Pâris, il ne fut point étonné d'entendre le vœu exprimé par lui au moment de mourir.

— Donne-moi ta main, dit-il à son rival, toi dont le nom était inscrit auprès du mien sur le livre du malheur ; je vais t'ensevelir dans ce tombeau ou plutôt dans ce paradis, car n'est-ce pas là que repose Juliette ?

En effet, Roméo parvint à enfoncer la grille du monument, il y traîna le corps de Pâris et le déposa sur les dalles du mausolée ; puis il s'approcha du cercueil de Juliette dont le visage découvert permettait de voir l'infortunée dont le réveil devait être si lugubre ; il la contempla longtemps :

— Oh ! mon amante ! s'écria-t-il, mon épouse ! la mort a été jusqu'ici impuissante à détruire ta beauté ; elle n'a pu ternir l'éclat de tes lèvres vermeilles, de tes joues de rose ; elle n'a pu altérer tes traits si purs ; non, la mort n'a pu s'emparer de toi tout entière. Oh ! ma chère Juliette ! pourquoi es-tu si belle encore ? Non, je ne sors plus de ce sombre séjour c'est ici que je veux établir mon éternel repos et séparer mon âme de ce corps lassé du monde et de la vie !

Puis, Roméo se tourna vers le cadavre de Tibald :

— Et toi, dit-il, Tibald, toi que voilà couché dans ce linceul ensanglanté ! Que puis-je faire de

9.

mieux pour toi que de détruire de la main même
qui a moissonné ta jeunesse, la jeunesse de celui
qui fut un instant ton ennemi? Pardonne-moi,
cher Tibald.

Le jeune infortuné se rapprocha de nouveau de
Juliette, il voulut jeter un dernier regard sur le
beau visage de sa bien-aimée, il voulut une dernière fois, de sa main toucher la sienne et sceller
par un baiser un pacte éternel avec la mort. Puis,
lorsqu'il eut embrassé Juliette, il prit le poison
qu'il avait eu soin de verser dans une fiole avec
de l'eau :

— Voilà donc, dit-il, le remède du désespoir;
voilà qui va mettre fin à une triste existence;
voilà la liqueur que j'ai choisie pour boire à mon
amante !

Et les yeux fixés sur le visage de Juliette, il vida
la fiole d'un seul trait. L'apothicaire ne l'avait
pas trompé, l'effet du poison fut rapide, Roméo
expira le visage contre celui de Juliette

A ce moment, l'ermite Laurent pénétrait à son
tour dans le cimetière, cherchant à se guider
parmi les tombeaux pour retrouver le tombeau
de Juliette, lorsque l'artisan qui le connaissait,
rassuré par la vue d'une personne amie, sortit de
sa cachette et se dirigea vers lui.

— Qui vient? s'écria l'ermite lorsqu'il entendit
le bruit de ses pas.

— Un ami bien connu de vous, répondit l'artisan.

Le père Laurent le pria de l'accompagner et
lui montrant la torche qui jetait ses pâles clartés
dans le fond du souterrain, il lui demanda si ce
n'était pas là que se trouvait le tombeau des Capulets. L'artisan lui répondit qu'en effet il ne se
trompait pas et lui fit part de l'arrivée de

Roméo; l'artisan n'avait pu, d'où il était, assister
au drame dont le tombeau de Juliette venait
d'être le théâtre; néanmoins, il pensait que
quelque sinistre événement avait dû s'y passer et
il fit part à l'ermite de ses tristes pressentiments.
Le père Laurent insista pour qu'il le suivît :

— Je n'ose, répondit l'artisan, le seigneur
Roméo ne sait pas que je suis encore ici, et il
m'a menacé de me tuer s'il me rencontrait.

— Eh! bien, dit l'ermite, reste ici, j'irai seul;
moi aussi, je commence à craindre qu'il ne soit
arrivé quelque événement sinistre.

Le veillard s'avança guidé par la lueur de la
torche, puis, voyant la grille du mausolée ouverte et n'entendant aucun bruit, sa frayeur redoubla. Il prit la torche pour mieux se rendre
compte de tout ce qui l'entourait et bientôt il re-
cula épouvanté.

Une large traînée de sang inondait les pierres
de l'entrée du mausolée; tout auprès, deux
épées, dont l'une, souillée de sang, annonçaient
qu'un combat s'était livré dans le tombeau
même. L'ermite s'avança plus avant, et il sentit
que ses jambes se dérobaient sous le poids de
son corps quand il aperçut le cadavre de Roméo
pâle et privé de vie. Enfin, Pâris, mort et souillé
de sang, lui apparut également; le pauvre vieillard était comme anéanti, la vue d'un pareil
désastre l'avait rendu inerte. Il resta longtemps
plongé dans les plus amères réflexions, déplorant
la fatalité qui s'était ruée avec tant d'acharnement sur de si jeunes têtes.

Bientôt un bruit vague vint le rappeler au but
de son excursion; Juliette n'était plus soumise
à l'action du narcotique et elle venait de se réveiller. Ses idées, un peu confuses, ne lui per-

mirent pas tout d'abord de se rendre compte de l'horreur de sa situation ; elle ne sentit pas à son réveil le contact du visage de son époux. Au premier soupir qu'elle fit entendre à son réveil, le père Laurent vint à elle, la toucha à la main, Juliette le reconnut aussitôt :

— Bon ermite, où est mon époux ? telles furent ses premières paroles, où est mon Roméo ?

Le père Laurent ne savait que répondre ; tout à coup il entendit du bruit dans le souterrain : c'étaient les gardes de Vérone qui, guidés par le page du seigneur Pâris, venaient explorer le cimetière :

— J'entends du bruit, dit alors l'ermite, Juliette, il faut sortir de ce tombeau. Une fatalité irrésistible a renversé tous nos projets. Venez, je vous en conjure, Roméo, votre époux, et le seigneur Pâris sont étendus sans vie auprès de vous. Oh ! ne m'interrogez pas. Suivez-moi bien vite, les gardes approchent et je n'ose rester plus longtemps.

Et, comme Juliette refusait de le suivre, l'ermite s'éloigna précipitamment.

— Non, pensait Juliette, je ne veux plus sortir de ce lieu ; puis, se levant sur son séant et regardant autour d'elle, elle vit que Roméo s'était empoisonné. Elle prit la fiole et l'examina, et, voyant qu'elle était vide, elle en fut vivement contrariée, car elle eût volontiers eu recours au même moyen pour se débarrasser de la vie. Elle approcha sa bouche de celle de Roméo pour y cueillir un dernier baiser :

— Hélas ! s'écria-t-elle, ses lèvres sont tièdes encore !

Cependant les gardes n'étaient plus qu'à une petite distance du mausolée ; quand Juliette en-

tendit le bruit de leurs voix, elle comprit qu'elle
n'avait plus de temps à perdre si elle voulait en
finir avec l'existence. Aussi, apercevant le poignard que Roméo portait à sa ceinture, elle s'en
empara, se le plongea dans le cœur et tomba sur
le cadavre de son époux.

Une minute après, un officier et deux hommes
d'armes entraient dans le tombeau. En présence
du spectacle qui s'offrit alors à ses yeux, l'officier
fit prévenir aussitôt le prince et envoya chercher
Montaigu et Capulet ; il fit en même temps
garder les issues du souterrain, et ses soldats, en
explorant tous les coins, rencontrèrent l'artisan
et l'ermite, les conduisirent à leur officier qui
les maintint en état d'arrestation ; le père Laurent était tout tremblant, de violents soupçons
planaient sur lui, d'autant plus qu'on avait
trouvé entre ses mains une bêche et un levier.

Le prince de Vérone arriva presque aussitôt
avec toute sa suite et demanda ce qui s'était
passé :

— Prince, lui répondit un des hommes d'armes, nous avons trouvé ici le seigneur Pâris
qui a été tué, le seigneur Roméo mort on ne sait
comment, et Juliette, que l'on croyait morte depuis deux jours, vient d'être également tuée, car
son cadavre est encore chaud.

Le prince donna aussitôt l'ordre de procéder à
une enquête sérieuse et ce fut lui-même qui an-
nonça à Montaigu la mort de son fils. Le malheureux vieillard se répandit alors en invectives
contre Roméo, auquel il reprochait de l'avoir
devancé au tombeau, mais le prince lui dit qu'il
ne devait pas adresser ainsi des reproches à la
mémoire de son fils, avant de savoir comment
s'étaient passés les événements. Puis, apprenant

l'arrestation de l'ermite et de l'artisan, il les fit
comparaître devant lui :

— Parlez et dites ce que vous savez, dit-il au
père Laurent.

— En quelques mots, répondit l'ermite, je vous
aurai mis au courant de la situation. Je suis le
plus soupçonné et le moins coupable dans cette
affaire : Roméo, que voilà mort, était l'époux de
Juliette ; c'est moi qui les avais unis le jour
même où Tibald fut tué. Et, comme à la suite
de la mort de Tibald, Roméo fut proscrit, c'était
l'exil de Roméo qui affligeait Juliette et non la
mort de son cousin. Capulet avait promis sa fille
au seigneur Pâris et voulait, malgré elle, la marier avec lui. Elle vint alors me trouver et me
pressa de lui trouver le moyen d'échapper à ce
second mariage, me menaçant de se tuer avant
de sortir de mon ermitage, si je lui répondais
par un refus. Usant alors des secrets de la na-
ture, je lui donnai un breuvage narcotique qui a
produit les effets que j'en attendais. Après l'avoir
absorbé, on put la croire morte ; j'écrivis alors à
Roméo pour qu'il vînt m'aider à l'arracher de ce
tombeau au moment où elle se réveillerait. Mais
le messager n'ayant pas accompli sa mission, je
suis venu seul au moment où la résurrection de
Juliette devait avoir lieu, afin de la faire sortir
de cette nécropole et de la tenir cachée dans mon
ermitage jusqu'au moment où Roméo serait prévenu. Mais, en arrivant ici, Juliette dormait encore, et Roméo et Pâris gisaient à ses côtés.
Juliette s'éveille, je veux la faire sortir, elle ne
veut pas me suivre, je me retire alors seul :
voilà, prince, tout ce que je sais. Sa gouvernante, d'ailleurs, sait qu'elle était mariée à
Roméo ; et, maintenant, prince, si je suis cou-

pable, punissez-moi selon la rigueur des lois.

— Je sais, répondit le prince, que tu es un saint homme ; parle à ton tour, dit-il à l'artisan.

Celui-ci raconta tout ce qui s'était passé entre lui et Roméo, puis il remit au prince la lettre que l'époux de Juliette l'avait chargé de remettre à son père. Le prince en prit lecture :

— Cette lettre, dit-il, confirme le récit de l'ermite, les amours de Roméo et de Juliette, les nouvelles de la mort de celle-ci, et le jeune Montaigu nous apprend ici qu'il a acheté du poison pour venir mourir et reposer auprès de Juliette.

Cependant, Capulet et sa femme étaient arrivés ainsi que la mère de Roméo ; le prince les appela tous auprès de lui :

— Voyez, leur dit-il, quel châtiment vous ont attiré vos discordes ; le Ciel a trouvé le moyen de punir votre haine par l'amour ; quant à moi, pour avoir été trop indulgent pour vos querelles, j'ai perdu deux parents : nous voilà tous punis.

A ces mots, Capulet se jeta dans les bras de Montaigu :

— Oh ! mon frère, lui dit-il, donne-moi ta main, ce sera le douaire de ma fille.

Les deux ennemis étaient réconciliés, mais trop tard. Néanmoins, ils voulurent qu'un monument fût élevé à la mémoire de Roméo et de Juliette, pour perpétuer le souvenir de leur amour et de leur infortune, et bientôt un groupe en or massif représentant les deux amants malheureux couronna leur tombeau.

FIN

TABLE

D. Thiéry et Cie. — Imp. de Lagny.